Harald
Der Lebl

CW01433645

HNL-MEDIA
EDITION

Harald M. Landgraf

Der Lebkuchenmörder

und andere Kriminalgeschichten

Bibliografische Information der Deutschen Nationalbibliothek:
Die Deutsche Nationalbibliothek verzeichnet diese Publikation in der
Deutschen Nationalbibliografie; detaillierte bibliografische Daten sind
im Internet über http://dnb.dnb.de abrufbar.

Impressum
1. Print Auflage | Dezember 2020
Copyright ©2020 Autor
und Literarische Agentur HML-Media Nürnberg
Siemensstraße 47, D-90459 Nürnberg
Herausgeber: HML-MEDIA-EDITION
www.hmlmedia.de
Cover©2020 Niklas-Philipp Gertl, Wien
www.ebook-illustration.de
Lektorat: Burkard Freiberger
Lizenzvergabe auf Anfrage.
Nachdruckdienst HML-Media Nürnberg
Alle Rechte vorbehalten!
ISBN: 9783752674873

Herstellung und Verlag: BoD – Books on Demand, Norderstedt

Inhaltsverzeichnis

DER LEBKUCHENMÖRDER

„Halt du den Rand!", kläffte mich Katharina an. „Du hast hier gar nichts zu melden, du Würschtle, du windiges. Trägt das Geld weg mit deiner ewigen Studiererei."

„Ich studiere Wirtschaft und könnte dann in der Firma …"

„Du wirst doch nicht glauben, dass du auch nur einen Zeh in die Firma kriegst?", keifte sie mich an. In solchen Momenten kribbelten meine Finger. Da hätte ich nur zu gern meine Hände um ihren Hals gelegt und zugedrückt. „Du bist doch zu gar nichts fähig", zischte sie giftig.

Ich hielt ich meine Klappe, denn sie hätte uns noch mehr schikaniert. Das wollte ich meiner geliebten Linda nicht antun. Ich durfte nicht einmal mit Katharina streiten. Sogar hier waren mir die Hände gebunden. Es ist ja wirklich kein Wunder, dass mir bei solchen Gelegenheiten seltsame Gedanken durch den Kopf gingen. Richtig bitterböse Gedanken. Mordgedanken, um es beim Namen zu nennen.

Eigentlich bin ich ein bescheidener und gerechter Mensch und habe Linda geheiratet, obwohl ich wusste, dass sie nichts hatte. Zwar stammte sie aus der beliebten Nürnberger Lebkuchendynastie Kittsteiner, war aber von ihrer älteren Stiefschwester Katharina abhängig. Die hatte den Betrieb als Erstgeborene übernommen, während Linda quasi leer ausging, da sie der zweiten, missglückten Ehe des Lebküchners Sebastian Kittsteiner entsprossen war.

Wir wohnten mietfrei in zwei windigen Kammern und einer kleinen Schlauchküche im Souterrain der Villa auf dem Firmengrundstück. Zwei Stockwerke bewohnte Katharina. Allein! Ich studierte Wirtschaft und Linda arbeitete im Betrieb. Oft bediente sie im Laden an der Nürnberger Museumsbrücke. Meine Frau wurde wie eine Sklavin gehalten und von Katharina ausgenutzt. Sie was das, was man in Franken als ein *Mistviech* bezeichnete. Sie war geldgierig und ungerecht. Obendrein war sie potthässlich, was dazu geführt hatte, dass trotz ihres Geldes keinen Kerl gekriegt hatte. Was ihre Hässlichkeit in dieser Hinsicht nicht zuwege brachte, schaffte sie mit ihrer spitzen Zunge.

∗

Der alte Kittsteiner hatte eine Klausel im Testament, wonach Linda erst dann erben sollte, wenn Katharina einmal das Zeitliche segnete. Aber die – und sterben? Böse Menschen werden oft steinalt. Sagt man. Es würde immer so weitergehen. Unsere Kinder hätten keine Zukunft. Nicht solange das *Mistviech* lebte.

Aber, wie gesagt, bin ich ein gerechter Mensch und daher wurmte es mich, dass hier mit verschiedenen Maßstäben gemessen worden war. Linda konnte ja nichts dafür, dass sich ihre Mutter mit dem italienischen Lebkuchen-Gewürzmanager vergnügt hatte und verschwunden war. Weshalb hatte der Alte seine Wut an Linda ausgelassen und sie mit einem Butterbrot abgespeist? Katharina genoss diesen Vorzug und ließ ihn sich bei jeder nur denkbaren Gelegenheit heraushängen.

Auch an diesem Abend kam Linda, wie schon oft, heulend aus dem Büro. Katharina hatte sie wieder einmal herumgescheucht, angeschrien und beleidigt. „Und heute hat sie mir sogar eine geklatscht", berichtete meine geliebte Frau. „Mitten ins Gesicht. Vor allen Leuten!" Linda tat mir so leid in ihrer Verzweiflung. Es zerriss mir fast das Herz.

„Das muss anders werden", sagte ich erbost. Ich spürte schon wieder dieses Kribbeln in meinen Fingern. Meine Mordlust wuchs. Wie lange würde ich mich noch beherrschen können?

„Wie denn?"

„Mir wird schon etwas einfallen!"

„Sie wird uns rausschmeißen!"

„Kann sie nicht", sagte ich. „Du hast das Wohnrecht."

„Aber kein Geld!", schluchzte Linda. Sie tat mir so leid. „Wovon sollen wir dann leben? Ich habe doch nichts gelernt und war immer nur das Aschenputtel für alle."

„Das stellt sich alles noch heraus", beruhigte ich.

In diesem Augenblick wusste ich, dass ich Katharina umbringen würde. Ich musste es einfach tun. Doch das Kribbeln meiner Finger brachte mich nicht weiter, denn ich konnte ihr nicht einfach den Hals zudrücken. Es wäre einfallslos gewesen und hätte mich nur schnell in den Knast gebracht. Nein, ich musste nach einem Weg suchen. Freilich fielen mir zu Anfang grausame Todesarten für sie ein. Ich könnte sie in der Pegnitz ersäufen. Das wäre kaum gegangen. Sie schwamm gut. Abfackeln? Bei ihrer Fülle schwierig. Erschießen? Ich hatte keine Knarre. Oder ein Unfall? Manipulierte Bremsen, oder so? Das würde nicht klappen, denn sie hatte meistens Glück. Ja, das war eben das Gemeine, dass solche *Mistviecher* Glück haben! Meine Gedanken klapperten wie ein altes Telefonrelais und suchten nach Verbindungen. Aber wie es so ist: Wenn man einen Einfall braucht, hat man ihn nicht zur Hand …

„Woran denkst du?", fragte Linda. Ich sah sie an. Ihr Gesicht wirkte erschrocken. Hatte sie meine Gedanken erraten?

„Woran ich denke?", fragte ich grimmig. „Es ist besser, mein Schatz, wenn ich es dir nicht sage." Dann küsste ich sie und war noch entschlossener als je zuvor.

Es kam mir vor, als würde Katharina von meinen Plänen ahnen. Jedenfalls guckte sie mich oft argwöhnisch an. Da musste ich grinsen. Sie kräuselte die Oberlippe und zeigte dabei ihre Geizfalten. Oh, wie hasste ich dieses Weib! Der Geruch ihres Parfums bescherte mir Magenkrämpfe. Dieser Gestank wehte ihr wie eine Fahne nach und übertünchte sogar den köstlichen Lebkuchenduft, der aus der großen Backhalle strömte. Ich vermied es stets, vor ihr herzugehen.

Mich „missbrauchte" sie ja auch. Je nach Laune und nach Bedarf kommandierte sie mich an die Laderampe, wo ich Karton in die LKWs packen durfte, bis mir das Hemd am Leib pappte und ich japsen musste.

„Na, Herr Studentle", sagte sie zu mir. „Da geht dir der Hintern auf Grundeis. Ist was anderes, als in der Universität zu hocken und Däumle zu drehen, ha? Lern du erst einmal arbeiten, dann kannste mitreden."

Für sie tat ich das nicht, sondern für unseren Frieden, denn was tut man nicht alles für sein persönliches Glück. Ich würde dafür morden!

Die vielen Kleinigkeiten häuften sich. In mir staute sich unendlich viel Wut. Ich hätte Katharina hochheben und zwanzig Meter weit durch die Luft schleudern können, soviel Kraft war in mir. Aber körperlich war ich nicht gefordert, geistig jedoch bestimmt.

Die Idee schließlich stammte nicht von mir. Sie wuchs auf Brüderchen Zufalls Mist. Es war an einem Mittwoch, als ich den Streit mitbekam.

„Was ist denn das für ein Scheißdreck?", bläkte Katharina. „Ja, das schmeckt ja grauenhaft!"

„Aber ich …"

„Halt die Waffl!", keifte sie den Musterbäcker Konrad Liebl an. Er war schon lange in der Firma, gehörte zum Inventar und kreierte hin und wieder eine neue Lebkuchenspezialität. Heute waren es Zimtschnitten. Ich fand, dass sie köstlich dufteten. „Da ist zu viel Ingwer drin", gackerte Katharina. Sie mümmelte wie eine Ratte an den Lebkuchen.

Ratte? Gift! Jawohl, das war es! Ich würde meine Schwägerin vergiften. Ich kannte ja Studenten aus der Chemie. Es wäre kein Problem, das Zeug zu beschaffen. Und ein Weg schien sich hier auch aufzutun.

„Da ist überhaupt kein Ingwer drin!", verteidigte sich Liebl. Seine Fistelstimme piekste meine Nerven. „Kardam…"

„Es ist zu viel Ingwer drin. Verkauf mich doch nicht für blöd. Und ich hab gesagt, dass ich eine rosa Glasur will und keine weiße. Eine weiße Glasur macht jeder Depp!"

„Wie wäre es mit einer grünen?", fragte ich frech und trat gleich einen Schritt zurück, denn wenn das *Mistvieh* in Rage war, könnte man für nichts garantieren. Ihre Augen rollten wie Murmeln. Dann ging sie wieder auf Liebl los.

„Lass dir das bloß etwas Gescheiteres einfallen. Spätestens am Montag stehen neue Proben auf meinem Schreibtisch. Sonst – sonst schmeiß ich dich raus! Du bist eh nur noch Ballast, du alter *Krüppel*."

Die Umstehenden guckten versteinert. Den Liebl rausschmeißen, das konnte sie nicht machen? Der alte Kittsteiner würde sich im Grab umdrehen. Katharinas Zornfalte blühte zwischen den Brauen. Sie war auch Hundertachtzig, wie sie es zu nennen pflegte, wenn ihr der Gaul durchging.

„Das wagst du nicht, Katharina!", keuchte Liebl und knöpfte seinen weißen Kittel zu. „Das traust du dich nicht. Wenn du das machst – das lass ich mir nicht gefallen. Also dann tät ich dich ..."

„Umbringen?" fragte sie lauernd. „Tätest du mich umbringen wollen? Das könnt dir so passen, ha?"

Er stand keuchend vor ihr, und ich sah, wie er seine Hände in den Kitteltaschen ballte. Ihm erging es sicher jetzt so wie mir, wenn meine Finger kribbelten. Armer Liebl. Aber mein persönliches Glück war mir wichtiger, und ich machte den Lebküchner zu einem Teil meines Plans. „Ich tät sie vergiften", riet ich ihm, nachdem sie fort war.

*

Ich beschaffte mir das Gift und erzählte einen Studienfreund, wir hätten Ratten im Lager, nachdem er mir es nicht auf Anhieb geben wollte.

Ich faselte etwas vom Gesundheitsamt und davon, dass ich unauffällig etwas unternehmen wollte.

Dabei behielt ich Liebl im Auge. Ich kreuzte einige Male in der Versuchsbackstube auf und plauderte mit ihm. Er mochte mich nicht und scheuchte mich hinaus. Dadurch hielt sich mein Mitleid in Grenzen, denn er bekäme es ja ab, nachdem man Gift in der Backstube finden würde, das ich dort deponiert hatte.

Dann der Streit, die vielen Zeugen? Die Ermittler mussten nur eins und eins zusammenzählen. Ich gebe zu, dass ich schon bisweilen Gewissensbisse hatte. Aber ich bin eben ein gerechter Mensch und Ungerechtigkeit geht mir an die Nieren. Na ja, es war Liebl gegenüber auch nicht gerecht. Aber irgendwelche Opfer muss man für die Gerechtigkeit eben bringen.

Ich impfte die neuen Lebkuchen-Proben, bevor sie in Katharinas Büro gebracht wurden. Dann stellte ich mich ans Wohnzimmerfenster und wartete. Ich konnte den Hof im Stehen vom Souterrain aus gut beobachten. Nicht lange darauf heulte ein Rettungswagen, wenig später kam die Polizei. Ich bekam feuchte Hände, blieb aber am Fenster stehen. Ob die Dosis ausreichend gewesen war? Ich weiß nicht, ob meine Kraft gereicht hätte, das noch einmal zu versuchen? Es musste einfach geklappt haben.

Und nach einer Weile fuhr der Sanka weg. Ohne Katharina. Und dann kamen die Polizisten auf das Haus zu. Ich schluckte schnell einen doppelten Whisky, wuschelte mein Haar durcheinander, damit es nach Schlaf aussah und ließ mir Zeit nach dem Klingeln.

Schließlich tappte ich langsam in Hauslatschen zur Tür und öffnete.

„Herr Baldauf?"

„Ja", sagte ich schläfrig und lugte über die Schulter des Beamten. Ein Leichenwagen fuhr vor. Ich verbiss mir mein Grinsen. Innerlich jubelte ich, denn es hatte geklappt. Mein Plan war aufgegangen, und wir waren endlich vom *Mistviech* befreit.

„Wir haben leider keine gute Nachricht für Sie?"

„So?", fragte ich und übte in Gedanken mein Entsetzen. Offengestanden hatte ich es vorhin vor dem Spiegel schon geübt.

„Wir müssen Ihnen mitteilen, dass Ihre Frau tot ist!"

„Meine …?"

„Ja, vermutlich vergiftet", sagte der Beamte. „Genaueres wird die Obduktion ergeben."

Ich musste mein Entsetzen nicht mehr spielen. Ich ging in die Knie, und es war mir egal, ob Männer weinen dürfen oder nicht. Wie gesagt, bin ich ein gerechter Mensch und habe für Gerechtigkeit gekämpft. Aber was kann ich dafür, dass das Schicksal so ungerecht ist? Arme Linda!

DER ABSTURZ

Lena Brix lag auf dem Rücken unterhalb der Limburger Dommauer am Steiger. Ihr glasiger Blick stierte himmelwärts. „So ein hübsches Ding", seufzte ich und wandte mich dem Spusimann zu. „Freiwillig ist die nicht gesprungen. Es gab wohl heftige Gegenwehr Vielleicht finden die Kollegen oben am Aussichtspunkt Lahnblick Hinweise? Dort müsste die Absturzstelle sein."

Kristina Löwe, eine Schulfreundin, hatte die Tote gefunden und die Polizei gerufen. In ihre Faust schluchzend, lehnte sie an einem Baum. Sie war käseweiß und hatte sich übergeben. Plötzlich erwachte sie aus der Erstarrung, rannte über die Wiese auf die Polizisten zu, die einen heftig widerstrebenden jungen Kerl heranschleppten. Die Beamten hatten ihn vom Aussichtspunkt Lahnblick weglaufen sehen und festgehalten.

„Du hast meine Freundin umgebracht, Benny!", schrie sie. Ich schnappte Kristina und bog ihren Arm zurück. Sie strampelte und trat nach mir. „Lena hat wegen einem anderen Schluss mit ihm gemacht. Er hat gedroht, sie umzubringen."

„Lena war ein Miststück, aber ich hab sie nicht runtergeschmissen", keuchte der junge Mann.

Schweißnasses Haar pappte auf seiner Stirn. Mit grauem Gesicht starrte er auf die Tote. Er war jetzt wie erstarrt und wehrte sich nicht mehr. „Als ich da oben ankam, da lag sie schon unten. Sie muss vorher runtergesprungen sein. Ich bin getürmt. Ich hatte Schiss. Mann, verstehen Sie das nicht? Ich habe sie wochenlang nicht gesehen."

„Und zufällig getroffen?", spöttelte ich. „Was suchten Sie denn dort oben am Lahnblick? Ein bisschen viel Zufall. Und der Kratzer am Arm?

„War meine Katze", knurrte Benny. „Nein, kein Zufall. Lena hat mir eine SMS geschrieben."

„Er hat gar keine Katze!", schrie Kristina. „Das lügt er. Und nie ist Lena gesprungen."

„Katze? SMS? Märchenstunde! Wer tippt dein heutzutage noch ein SMS? Geht doch alles per WhatsApp. Nein, Lena ist nicht gesprungen. Wir fanden Lack unter ihren Nägeln. Vermutlich vom Geländer, an dem sie sich festgekrallt hatte."

Benny zückte sein steinaltes Handy. Damit kam man nicht ins Internet. Ich öffnete die Nachrichten. *„Komm bitte sofort zum Lahnblick hinter dem Dom. Wichtig. Love you.",* las ich laut vor.

„Die Nachricht kann man auch selbst fabrizieren. Lena hatte kein Smartphone dabei. Wir haben keines gefunden. Nicht oben an der Absturzstelle und nicht hier unten am Fundort. Sie hatten Streit mit ihr und …"

„Das kann nicht sein", unterbrach Benny. „Lena war mit dem Ding quasi verheiratet. Sie hätte das nicht eine Sekunde aus der Handy gegeben, nicht mal im Bett! Das muss hier irgendwo sein. Finden Sie das Smartphone, verdammt noch mal! Dann sehen Sie ja, dass die SMS von ihr gekommen ist."

Ich betrachtete Bennys altes Handy und tippte zur SMS. Dann wählte ich die Absender-Nummer. Hinter mir begann ein Pfeifkonzert. Der Klingelton! Ich schnellte herum. Wie erstarrt stand Kristina da. Ihre Hand bohrte sich in die Manteltasche und holte zögernd das Smartphone heraus. Rote Flecken glühten auf ihren Wangen.

„Ach, hab ich ganz vergessen", stammelte sie. „Sorry. Lag in den Büschen! Ich habe es eingesteckt. Ein Reflex. Entschuldigung!"

„Her damit!" Nach kurzem Scrollen sah ich klar. „Lassen Sie Benny los und kümmern Sie sich um Kristina", sagte ich zu den Beamten. „Um 14 Uhr 30 wurde von diesem Telefon aus die Polizei gerufen und Lenas Tod mitgeteilt. Und um 14 Uhr 33 ging die SMS an Benny raus. Lena kann diese Nachricht gar nicht geschrieben haben, denn Tote schreiben keine SMS mehr. Ich nehme Sie vorläufig fest, Kristina Löwe!"

Das Mädchen begann zu heulen als ich ihr fast behutsam die Hand auf den Rücken bog. Sie fauchte wie eine Katze und begann wieder nach mir zu treten, wobei sie keifte und schrie wie eine Verrückte.

„Jeden Kerl hat sie mir weggeschnappt und mich obendrein dreckfrech ausgelacht", schrie sie. „Und der da war auch immer noch scharf auf die Kanaille! Sie hat es nicht anders verdient."

DER HALVE HAHN

„**B**ring den Alten um!", sagte Marie. „Räum ihn aus dem Weg!"

„Bist du verrückt. Haserl?" Student Xaver riss die Augen auf. Ein Bild von einem Mann, ein kraftstrotzendes bayerisches Urgestein. Kein Wunder das die junge Gattin des alten Professor Schmitz verrückt nach ihm war, sie ihre Augen nach außen gestülpt hatte, nachdem Xaver beim Professor aufkreuzte und bald schon im Bett der Schönen landete. Das war doch etwas anderes als der schlaffe Körper des alten Professors. Geld war eben doch nicht alles im Leben. Nicht lang darauf avancierte der Urbursche Xaver zu ihrem Dauergeliebten, die sich ihrerseits von der kleinen, unglaublich hübschen, aber leider mittellosen Studentin ins Professorenehebett hochgeschlafen hatte.

Schon ein paar Mal war Marie auf das Thema Mord gekommen und hatte alle möglichen Todesarten durchdacht. Ersäufen, erschießen, erdrosseln – all das kam nicht in Frage. Sie hatte sich das Hirn zermartert und dennoch keine gültige Todesart gefunden, auf die sie den unliebsam gewordenen Ehegatten ins Jenseits befördern könnte.

„Verjiften", sagte Marie. „Du machst doch in Chemie. Der frisst für 't Leven jern e'ne halve

Hahn. Damit kriegst du ihn. Wenn er zweie frisst und die verjiftet sind, is er weg."

„I woaß net", zweifelte Xaver. „Schön wär's schon mit dem Diridaria vom Alten. Aber gleich umbringen. Lass dich doch ...“

„Scheiden? Du Labbes, da jeht net. Ich krieg keinen Cent." Sie war hellauf empört. „Der hat doch e'ne Ehevertrag jemacht. Doof is er ja nun auch nicht.“

„Und wie stellst du dir das vor, ha? Soll ich dem den – na ja halben Hahn ...“

„Halve Hahn", verbesserte sie. „Dat is echt kölsch, du bayerischer Uhu. Aber du hast ja keine Ahnung. Du lernst es schon noch.“

Sie machte ihm klar, dass er das Lieblingsessen des alten Schmitz präparieren und als „Partyservice" liefern lassen sollte. „Er hat 't mit dat Herz. Der dusselige Doktor Pützkes wird einen natürlichen Tod bescheinigen. Dann wird er eingegraben und wir jehn in die Karibik." Zufrieden lehnte sich Marie zurück und schloss die Augen. Es würde alles wie geschmiert laufen.

Xaver dachte nach. Natürlich war es für ihn kein Problem, das entsprechende Gift zu bekommen. Der alte Schmitz, millionenschwer, aber leider noch nicht so klapprig, wie ihn Marie sich wünschte, konnte es noch jahrelang machen. Und einen Goldfisch wie Marie für Xaver nie wieder an die Leine kriegen, wenn er sie mit der Kuhstall-Mentalität seines oberbayerischen

Heimatdorfes verglich. Auf das Studium, da ohnehin nicht sein Ding war, konnte er pfeifen.
Ein feines Leben würde es sein …

So läutete am Folgetag ein kräftiger blondge-
lockter Adonis in Lieferantenuniform an der
Schmitz'schen Villa und Ulla das Hausmädchen
klappte verzückt die Augendeckel hoch, um sie
errötend wieder zu senken.

„Halve Hahn, für den Herrn Professor!"

„Ui, da wird er aber seine Freude haben. Dat
kann der nämlich Tag und Nacht essen, wissen
Sie." Ulla klatschte begeistert in die Hände.

„Ich weiß", sagte Xaver und grinste. Er ging
ums Haus, wartete eine Zeitlang am Türchen
zum Swimmingpool bis Marie gehopst kam und
ihm leidenschaftlich fordernd die Zunge zwischen die Zähne bis in den Hals schob. Es
schmeckte komisch, wie Xaver fand. Sie hatte
doch sonst nie Mundgeruch!

„Fahren wir wohin, wo es einsam ist, Hasi",
bettelte sie. „Ich hätt' so 'ne Lust auf dich." Sie
knöpfte an seinem Hemd herum. Ihre Hand
wanderte auf seiner nackten Brust langsam ab-
wärts in Richtung Gürtel. Schließlich schob Xaver die Hand beiseite.

„Ich tät ja auch gern! Aber ich tät gern vorher
was essen, Haserl. Wenn ich Hunger hab bin ich
zu nix zu gebrauchen. Das werd ich sogar grantig. Und das willst du doch net?""

„Ich habe keinen Hunger, Hasi", sagte sie. „In

der Küche stand ein leckeres halbes Hähnchen. Dat hab ich jeschwind verputzt."

„Du hast …? Aber das war doch mein halve Hahn! Das vergiftete halbe Brathendl."

„Du Labbes", ächzte sie. „Brathendl? E'ne halve Hahn is e'ne Käsebrötchen …"

Und dann wurde sie grün im Gesicht. Xavers Urschrei nahm sie nicht mehr wahr.

DER HELLSEHER

„So habe ick den Kalle jefunden", sagte die
dicke Hanne vom Lebkuchenstand. Sie
legte den Kopf schräg, verdrehte die Augen
nach oben und ließ die Zunge aus dem Mundwinkel hängen. Kalle Lowitz, der Besitzer des
Glühweinstandes saß, so wie Hanne vorge-
macht, in seiner Bude auf einem Stuhl, „Vielleicht das Herz? Jeklagt hat er ja schon länger.
Der diesjährige Weihnachtsmarkt bald zu Ende,
aber nu kriegt Lotte endlich im nächsten Jahr
den Standplatz."

„Lotte?", fragte ich.

„Lotte Krawuttke", sagte sie. „Sie verkooft
Kräuter und Cremes uffn Wochenmarkt und
steht uff de Vormerkliste an erste Stelle." Sie
zuckte die Schultern. „Det eenen Jlück, det anderen Leid."

„Vermutlich Herzinfarkt", sagte der Rechtsme-
diziner. „Aber sicher bin ich mir nicht. Näheres
nach der Obduktion." Ein Spruch, den ich nur
allzu gut kannte. Am folgenden Tag meldete sich
der Doc aus der Pathologie. „Der Mann kam mit
einem Kontaktgift des Upasbaumes in Berüh-
rung. Der Milchsaft wird auch als Pfeilgift ver-
wendet."

„Und wie kommt man an das Zeug? Wo
wächst denn dieser Baum?"

„Auf Java, Sri Lanka und in Afrika", sagte der Doc. „Das Gift war in eine Handcreme gemischt. Der Tote hatte eine kleine Risswunde an der Hand. Da ist es wohl eingedrungen und hat einen Herzstillstand ausgelöst."

Ich fragte mich, wer vom Tod des Glühweinverkäufers profitierte? Eigentlich nur Lotte Krawuttke? Frauen morden bevorzugt mit Gift. Also, auf zu Lotte! Ich betrat das etwas heruntergekommene Mietshaus. Im Hausflur roch es nach Seife und Bohnerwachs. Über allem schwebte ein entsetzlich durchdringender Knoblauchduft, der mir fast den Magen umdrehte.

Vor einer Milchglastür blieb ich stehen. Ein Schnulzensänger schluchzte lautstark. Ich pochte kräftig an die Tür.

„Ja, ja", piepste eine Frauenstimme. „Jepumpt wir heut nischte. Ick …" Die kleine zierliche Mittsechzigerin erstarrte. „Ick dachte, die Schneider'sche will wieder wat von mich pumpen …"

„Ich komme vom Breitscheidplatz …"

„Ach!" schrie sie und riss die Tür ganz weit auf. „Kommen Se rin. Ick hab uff Ihnen jewartet. Sie sind ja vom Marktamt? Nun krieg ich den Standplatz im nächsten Jahr? Nu verkauft ich ja noch Kräuter und Cremes uffn Wochenmarkt, aber nächstes Jahr geh ich uffn Weihnachtsmarkt."

„Wie kommen Sie denn darauf, dass Sie den

Standplatz bekommen", fragte ich.

„Mein Eddi, der wat mein Kerl is, hat es mir jesagt. Er hat mir vor drei Tagen anjerufen. ‚Lottchen', hat er jesagt, ‚Lottchen, nächstes Jahr biste jarantiert uffn Weihnachtsmarkt'.

„Wie konnte er das denn wissen, der Eddi?", fragte ich. „Ist der Hellseher?"

„Is er nich. Aber so ein Medizinmann hat es ihm prophezeit. Wissen Se, der Eddi war doch in Afrika und ist vorjestern zurickjekommen. Und rechte ja er jehabt!" Sie strahle mich an wie ein Weihnachtsstern. „Und nu schläft er. Hat sich jestern eenen jegluckert." Sie zwinkerte mir kumpelhaft zu.

„Ich fürchte, wir müsse Eddi wecken, denn Kalle Lowitz wurde gestern umgebracht. Mit einem Gift aus Afrika – in einem Büchschen dieser Handcreme da."

„Doch nich mein Eddi", jammerte Lotte. „der doch nich!"

„Doch, denn Eddi hat den Mord schon in Afrika geplant. Vielleicht gab ihm der Medizinmann das Gift? Aber Hellseher war der bestimmt nicht!"

DER REGENMANN

„Wenn des die Rund' macht, kommt keiner mer in unsere Äbbelwoikneip, Herr Kommissar", schluchzte die mollige Wirtin Lene in ihre geblümte Schürze. „Das kann nur die Dreggwatz von drübe gewesen sein, die uns des Zeuch in den Äbbelwoi geschüttet hat!" Sie zeigte auf die gegenüberliegende Straßenseite. Dort gab hinter weinlaubumranktem Zaun eine weitere der vielen Apfelweinkneipen im Frankfurter Süden.

„Schon übel", sagte ich. „Fünf Gäste mit schweren Magenkrämpfen im Krankenhaus. Und Sie tippen auf die Konkurrenz?"

„Ei freilisch. Sie will uns doch loswerde. Dabei habbe mir eine Tradition. Die aber hat doch neu uffgemacht. Früher hat se ein Blümschelade gehabt. Und jetzt macht des Schlabbmensch uff Äbbelwoi und kann einen Bembel net von einer Blumevas unterscheiden."

Ich äugte zur gegenüberliegenden Seite. Eine hageres Frauengesicht schimmerte aus dem Weinlaub und verschwand augenblicklich als ich lossprinten wollte. Da zupfte mich ein Dreihkäsehoch am Ärmel.

„Der Regenmann war's!"

„Regenmann?" Ich furchte die Stirn. „Welcher

Regenmann?"

„Der aus'm Fernsehen", quiekste der Knirps.

„Schluss mir der Märchestund', Karli!", ranzte die Wirtin den Buben an. „Mach den Herrn Kommissar net durchenanner mit dem Gebabbel."

Ehe ich ihn mir den Fratz schnappen konnte, war er auch schon ums Eck verschwunden. Ich pflügte mich zwischen den fahrenden Autos durch auf die Gegenseite. Dort saßen im Wirtsgarten etliche Leute, die bei meinem Eintritt schlagartig verstummten. An der Tür lehnte mit verschränkten Armen eine Frau, die so lange wie Wirtin Lene dick war. Im Mundwinkel pappte eine Zigarette. Sie schlurfte langsam auf mich zu und musterte mich von oben bis unten, so, als müsse sie mir einen neuen Anzug kaufen.

„Is was?" fragte sie. „Wolle Se Äbbelwoi? Was war denn da drübe los bei der Lene?"

„Ein kleiner Betriebsunfall", sagte ich. „Genaugenommen ein Giftanschlag. Und ich such nach dem Schuldigen!" Ich fixierte sie scharf, denn sie zuckte etwas zusammen. „Sie scheinen mir Grund genug zu haben, die Konkurrenz aus dem Weg zu räumen …?"

„Ich hab der ihre Kneip nie betrete", fiel sie mir giftig ins Wort. „Dafür hab ich Zeuge. Mir könne Se gar nix! Des Schlabbmensch will mich bloß loswerde" Sie spuckte die Kippe weg und trat an einen der Tische. „Lauter ehrewerte Leut vom Hessische Rundfunk. Die könne bezeuge, dass isch immer hier gewesen bin. Keinen Schritt hab ich auf die Straß getan."

„Regenmann – Regenmann!" Das freche Bubengesicht schob sich durchs Weinlaub. Noch ehe der Kleine wieder türmen konnte, schnappte meine Hand vor und hielt den Schreihals fest. Er zappelte wie ein Hampelmann und quiekte wie ein Ferkel. „Lass mich los!", kreischte er. Ich schaffte es gerade noch meine Hand abzustreifen, sonst hätte mich der Fratz sicherlich gebissen. Mit der Rechten hielt ich ich das zappelnde Bündel ein Stück weg von mir.

„Wer ist der Regenmann?"

„Na der da!" Der kleine Rotzfinger zeigte auf einen Anzugträger. „Der war doch drübe bei der Lene in der Küch'. Ich hab ihn doch rausschleiche sehen!'"

Ich kniff die Augen zusammen. Ach ja, ich erkannte den Ansager vom Wetterbericht. Also das war der Regenmann! Klar, den Ansager kannte jedes Kind. Aber konnte ich diesem seriösen Mann eine derart hinterlistige Tat zutrauen? Der Fernsehmensch stand auf.

„Sie werden doch diesem Rotzlöffel nicht glauben wollen?", fragte er. „Wie käme ich dazu, einen Giftanschlag zu verüben. Nun machen Sie aber mal einen Punkt!"

„Lasse Se meinen Bruder in Friede!", keifte die Wirtin. Sie zupfte und zerrte an mir herum. „Der war im Studio wo das da drübe passiert ist."

„Ja, meine Schwester hat recht. Der Kleine lügt doch!" Der Regenmann zupfte seine Krawatte zurecht. „Ich bin erst vor ein paar Minuten aus dem Studio gekommen."

Ich zückte mein Handy und rief beim Rundfunk an. Aus dem Augenwinkel sah ich, wie Schlipsträgers Gesicht grau wurde.

„Ist wohl nix, mit dem Alibi", sagte ich. „Die Sendung wurde aufgezeichnet und später gesendet! Sie haben das Zeug in den Apfelwein geschüttet."

„Du bist mir vielleicht ein Haanebambel", grunzte die Wirtin ihren Bruder an. „Jetzt kann isch am Ende zusperre wegen deiner Idee mit dem Knaadsch."

DIE PUPPENKÖNIGIN

Kommissar Steiner schnupperte an der Tasse. „Riecht nach Bittermandel. Blausäure! Vergiftet, keinen Zweifel." Er durchsuchte den Küchenabfall. Nichts auffälliges: Eierschalen, Gemüsereste, Kaffeesatz und eine Karte für die Creepy Stones – wäre er auch gern hingegangen. Blöder Schnupfen!

Er nieste und ging zurück ins Wohnzimmer. Die Tote auf dem Bett kannte er. Dora Greiner-Jean, die Puppenkönigin von Sonneberg. Sie hatte gerade erst ihren Sechzigsten gefeiert und war mit dem kleinen Atelier steinreich geworden. Alle Puppen in Handarbeit, die teilweise richtig viel Geld kosteten. „Wer hat den Tee zubereitet?", fragte er mit finsterer Miene in die Runde.

„Ich", piepste es hinter ihm. „Rosa Brückner. Ich bin – ich war – ihre rechte Hand – sozusagen." Steiner drehte sich um. Eine große schlanke Frau knetete die Hände. Sie war etwa fünfzig und hatte ein käsiges hohlwangiges Gesicht. Der Blick ihrer dunklen Augen flackerte. „Aber ich hab nix neigetan. Ich hab kein Grund, dass ich se ümbring muss. Da tät ich schon annere fragen"

„Und wer war noch im Haus?"

Sie nickte in Richtung eines smarten, jungen Mannes, der im Türrahmen stand. „Nur der

Egon da, der was der Neffe von der Frau Greiner ist." Sie kniff die Augen zusammen. „Der wollt' wieder amol Gald von dera", giftete sie. „Der kommt doch bloß, wenn er Gald will. Ich hab se doch streiten gehört, die zwee …"

„Ja, und?", konterte Egon. „Fürs Studium."

„Studium? Pah! Der taugt doch nix, der! Saufen, Drogen und Weiber …"

„Tante Dora hat ja kaum etwas rausgerückt. Dafür hat sie es dir ja hinten und vor reingeschoben, du Kratzbürsten!"

Steiner riss beschwichtigend seine Hand in die Höhe. Umgehend herrschte Stille. Steiner nieste mitten hinein. Kruzifix! Er putzte die Nase und dachte nach. Gleich zwei Verdächtige auf einmal. Trotzdem schien die Lösung noch immer weit entfernt.

„Mama, was ist passiert!" Ein poppig gekleideter Jüngling mit Hahnenkammfrisur schnellte ins Zimmer. „Is des wahr? Die Dora is dod? Ümgebracht? In ganz Sunnbarch is des schon rüm."

„Ach, Dustin! Vergift' mit den Tee, was ich e'ra gebracht hab." Rosa brach in Tränen aus. „Aber ich hab se doch ned ümgebracht. Der war's!" Ihr Finger schnellte vor und zeigte auf Egon.

Der Kleine stemmte die Brust hervor. „ Freilich steckt da bloß der Egon dahinter. Dieser Wichtigtuer. Der will doch nur ans Erbe. Des wess doch jeder in ganz Sunnbarch und außen rüm.“

„Ach!“, rief Steiner. Er stemmte die Arme in die Hüften und bewegte sich auf Egon zu. „Also doch! Sie schnorren nicht nur, Sie erben das alles? Das ist ja ein ausgezeichnetes Motiv. Ihre Tante soll ja sehr vermögend gewesen sein?“

„Allerdings ist das richtig und wahr“, bestätigte Egon. Geringschätzend verzog er die Lippen. „Deswegen hab ich auch kein *Bafög* bekommen. Es hieß, sie hätte mich unterstützen können. Aber die paar Kröten … Alles hat man auf Knien erbetteln müssen. Aber die ist auf ihrem Geld gehockt wie die Henne auf den Eiern. Nein, ich erbe nichts. Weil ich nicht Medizin studiere. Das kriegt alles diese Putze da! Und ihr gefärbtes Hahnenkamm-Früchtchen weiß das genau! Ich hab ihn doch an der Küchentür zum Garten gesehen.“

Steiners Augenbrauen schossen in die Höhe. Neugierig wandte er sich Hahnenkamm zu. „Und wo waren Sie vor etwa zwei Stunden?“

Er verschränkte die Arme. „Na, ich war auf an Konzert in Neustadt. Creepy Stones! Geil. Ich bin doch grad zur Tür rei. Hamm Sa doch gesehen? Hier!“ Er zog eine Eintrittskarte aus der Tasche.

Steiner nickte. „Aber sicher nicht vom Konzert. Die Karte hast du Rotzlöffel gerade aus dem Müll in der Küche gefischt. Und zwar, nachdem du das Gift in den Tee gekippt hast. Ich wette das hier ist ein Teefleck.“

Hahnenkamm schnappte nach Luft. „Aber …"

„Nichts, aber", konterte Steiner. „Das Konzert wurde wegen Krankheit abgesagt. Ich wollte auch dorthin. Blöder Schnupfen!"

„Scheiße", sagte Hahnenkamm. „Die Mama hätt mir bestimmt das Geld gegeben für mein Tattoostudio, wenn sie die alt' Geizraffel beerbte hätt."

„Und woher stammt das Gift?"

„Hab ich beim alten Pfeifer in der Apotheke geklaut, der merkt doch nimmer von Zwölfe bis zum Läuten. Und ich bin ja ned blöd. Bald hätt es ja geklappt."

„Jetzt kriechst nix mehr von dem Geld, weil du sa ümgebracht hast", heulte Rosa. „Un in Knast besuch ich dich a ned, dass de's wesst!"

Steiner nieste und zückte die Handschellen.

DIRNENMORD IM HINTERHAUS

Eigentlich hieß sie Gisela Struz. Aber sie nannte sich Miss Coco und hatte mit diesem Namen Karriere gemacht. Als Prostituierte. Und jetzt lag sie tot auf dem Küchenboden und starrte zur Decke.

„Mit ihrer Strumpfhose erwürgt", berichtete Meyer. Er kratzte seine Glatze und stieß mit der Schuhspitze ein Kondom beiseite. „Sauerei", sagte er. „Ob die wohl auch hier in der Küche gearbeitet hat?"

„Bitte etwas Respekt vor der Toten", bat Hauptkommissar Lindemann. „DNA und so weiter? Gibt es da schon etwas?"

„Auf dem Bettlaken und im Mülleimer könnte halb Babelsberg verewigt sein", spöttelte Meyer. „Gesehen hat keiner etwas. Der Hausmeister hat sie gefunden. Aber sie war im Haus bekannt. Und wenn Sie mich fragen, hatte sie jeder auf dem Kieker."

Lindemann betrachtete die Tote. Ihr blondes Haar umrahmte das hübsche Gesicht. Für Lindemanns Geschmack war sie etwas zu stark geschminkt.

Aus dem Treppenhaus drang Geschrei in die kleine Wohnung. Das Einkaufscenter war um die Ecke und schräg gegenüber ratterte die Straßenbahn Richtung Potsdam. Es herrschte ein Radau wie auf dem Bahnhofplatz.

„Ruhe!", brüllte Lindemann in das Gekeife. Vorwiegend Frauen bevölkerten das Treppenhaus. Es roch nach billiger Seife, Bohnerwachs und Windeln. Irgendwo plärrte ein Kind, und es kläffte ein Köter.

„Eine Schande war die für unser Haus", sagte eine Zaundürre in Kittelschürze, deren Haare sich wie ein Rasierpinsel himmelwärts reckten. „Man hat ja Kinder. Was soll aus denen mal werden, wenn sie dis sehen?"

„Mach halblang. Tinta", knurrte ein Alter in Cordhose. „Gesehen hat doch keiner was."

„Aber gehört!", entrüstete sich Tinta. Lindenmann trat zurück, denn sie roch stark nach Kohl und Knoblauch. „Wissen Sie, Herr Kommissär, ich kann Ihnen sagen, wie dis gebumst und gerumpelt hat, also gekracht hat das Bette, sag ich Ihnen …"

„Frau Struz war nicht sehr bliebt im Haus, wie?", mischte Oberkommissar Meyer sich ein. „Ich meine, jeder von Ihnen hätte bestimmt einen Grund gehabt, Frau Struz umzubringen?" Schweigen. Betretene Gesichter. Ein paar ängstliche Seitenblicke. „Im Augenblick ist jeder von Ihnen verdächtig, Herrschaften!"

Hauptkommissar Lindemann sah sich um. Er blickte in verkniffene und auch lüsterne Mienen.

Die Sensationslust sorgte für Abwechslung. Lindemann kannte das. Er wartete darauf, dass sich jemand wichtig machen würde. Es blieb nicht aus.

„Sie sollten mal der Tinta ihren Ollen fragen", meldete sich eine rothaarige Wuchtbrumme zu Wort. Sie knuffte sich vor, schob eine Duftwolke Domestos vor sich her. Lindemann zog die Nase hoch.

„Wer sind Sie?"

„Grete Krawuttke, die Hausmeisterin. Meine Mann hat die Nut…, ich meine, die Struz gefunden. Der Olle von der Tinta hat auch …"

„Mein Oller macht nichts", sagte Tinta und befummelte den Rasierpinsel. „Wir haben uns nichts vorzuwerfen. Da müssen Sie schon andere fragen, Herr Kommissär!"

„Herrschaften, so kommen wir nicht weiter!", rief Meyer genervt. „Wenn jemand etwas beobachtet hat, was zur Sache beiträgt, dann bitteschön. Aber nicht solche gegenseitigen Beschuldigungen."

Lindemann seufzte. „Ich fürchte", sagte er, „hier drehen wir uns nur im Kreis …"

„Ich hab' zwei Männer gesehen, wie sie rauf sind", sagte die rote Hausmeisterin. „Einer mit so 'nem Käppi, und der andere, so 'n Großer mit auch 'nem Käppi, aber mit einer anderen Farbe, wissen Se?"

„Nee", sagte Lindemann. Er verzog das Gesicht. „Nee, ich weiß nicht."

„Der Grete ihr Oller hat doch auch immer bei der Struz …", begann der Rasierpinsel. „Halt die Fresse, Tinta!", rief die Hausmeisterin. „Nichts hat er. Auch nicht mit ihr gestritten! Hat er nicht, dass ihr 't wisst."

Lindemann horchte auf und drehte sich um. Frau Krawuttkes Augen blickten erschrocken. Sie schnappte ein paar Mal nach Luft.

„Ach, Ihr Mann hat mit Frau Struz gestritten?"

„Wegen der Miete!", mischte sich der Hausmeister ein. Er war ein Bär von einem Kerl. Seine Arme waren wie eine Landkarte tätowiert. „Die Nutte war im Rückstand. Ewig war die mit dem Zahlen hinten dran. Da muss man doch was sagen!"

„Und?, fragte Lindemann. Er kniff die Augen zusammen. Plötzlich wirkte der Hausmeister verlegen. „Haben Sie ein bisschen zu hart mit ihr gestritten, wie? Sind Sie ihr ein bisschen zu nahe getreten? Und haben Sie …"

Tinta schob sich vor. „Vielleicht hat sie nicht in Naturalien bezahlen wollen …"

„Heh, dir zeig ich es!", plärrte Frau Krawuttke los. „Pass nur auf, sonst bist du die Nächste …" Sie verstummte. „Mein ich nicht so", schickte sie hinterher. „Man sagt es halt so. Für meinen Mann leg ich die Hände ins Feuer!"

„Wenn Sie sich die nicht dabei verbrennen", sagte Lindemann und trat einen Schritt auf den bulligen Hausmeister zu. Krawuttke wich zurück. Sein Gesicht verlor an Farbe.

„Was – was wollen Sie den von mir? Ich hab nichts gemacht. Ich hab der nichts getan. Die war schon tot. Ich hab sie nur gefunden!"

„Nur gefunden", wiederholte Lindemann. „Hatten Sie eine Beziehung zu der Toten oder hatten Sie keine? Wir kriegen das ohnehin raus. Das Bettlaken sieht aus, als hätte halb Babelsberg drauf gepennt. Also wenn einer von Ihnen, von den Herren … Wir kriegen es raus!"

Da geschah so etwas wie ein Wunder, denn das Treppenhaus leerte sich rasch. Tuschelnd verschwanden die Frauen in den Wohnungen. Und die Männer, die dabei waren, gleich mit.

„Also gut", sagte Krawuttke. „Ein oder zwei Mal hatte ich was mit ihr. Es tut mir leid! Außerdem hat mir das meine Frau schon längst verziehen. Der Olle von der Tinta war jeden zweiten Tag bei der Nut…"

Grete Krawuttke schob sie vor ihren Kleiderschrank-Mann und breitete die Arme aus wie eine Glucke die Flügel über ihre Jungen. Ihr Gesicht war krebsrot, und sie schnaufte wie ein Ackergaul bei Schwerstarbeit.

„Aber mein Mann war es nicht. Wissen Sie, der findet Strumpfhosen eklig, dass er nie eine anfassen würde. Also konnte er sie nicht erwürgen.

Da müssen Sie schon nach dem Richtigen suchen. Nach dem mit dem Käppi!"

„Ich glaube, ich habe die Richtige schon. Nämlich Sie, Frau Krawuttke. Woher haben Sie denn gewusst, dass Frau Struz mit einer Strumpfhose erwürgt worden ist?

„Ist sie das nicht?"

„Doch, und zwar von Ihnen! Warum, Frau Krawuttke, warum?"

„Fette Kuh hat sie zu mich gesagt. Ich könnte nicht mehr, hat sie gesagt. Mein Oller käm vor lauter Fett nicht mehr bei mich bei. Das muss ich mir nicht sagen lassen. Nicht von einer Nutte, Herr Kommisär!"

EIN EISKALTES
GEHEIMNIS

„**N**a ja, Herr Rucktäschl, wir schließen jetzt die Vermisstenakte Ihrer Frau", sagte Kommissar Brenner. „Wir haben alle Möglichkeiten ausgeschöpft. Ihre Frau ist nicht wieder aufgetaucht. Sie ist ..."

„Mit einem Ami ist sie durchgegangen", fiel ihm Ludwig Rucktäschl ins Wort. „Wie oft denn noch? Ein Amisack war's. Sie hat doch schon immer da 'nüber wollen, die Alt', aber ich ..."

„Und wenn Sie es mir noch hundert Mal und öfter erzählen, ich glaub trotzdem nicht an das Märchen von Amerika. Sie sind ja wie Hund und Katz gewesen. Verprügelt haben Sie Ihre Frau auch!" Brenner erhob sich. „Sagt man jedenfalls!" Ludwig kniff die Augen zusammen. Er stand auf, rubbelte seine Hände an der Cordhose.

„Sie denken immer noch, ich hätt' sie umgebracht, ha?", fragte er und grinste. „Und wo wär sie denn dann – die Leich'? Ohne Leich' keinen Mord. Das ist ein alter Hut!"

„Schauen S', dass Sie endlich weiterkommen, Rucktäschl ..."

„Herr Rucktäschl – bitte", sagte Ludwig und hielt Brenner den Finger vor die Nase. „Wir waren noch nicht auf Säuhüten, gell!" Dann drehte er sich um und ging. An der Tür blieb er stehen und sah zurück. „Ich sag's Ihnen, wenn ich was von ihr hör, gell!"

„Aus Amerika, ha?" Brenner grinste bösartig.

„Nein, aus Honolulu, wo die Hünd' mit die Ärsch bellen", sagte Ludwig frech und grinste zurück.

Draußen vor dem Gebäude der Coburger Kripo lockerte er erst einmal seinen Kragen. Ganz schön heiß war ihm geworden. Dieser Brenner hatte ihn in den vergangenen Monaten etliche Male scharf in die Zange genommen. Aber es war ihm nicht gelungen, ihm etwas nachzuweisen. Ludwig hatte auch gar keine Zweifel daran, dass er sein Geheimnis für sich behalten konnte.

Es hatte doch jeder gewusst, dass die flotte Elke, wie man seine Frau nannte, etwas mit einem amerikanischen Soldaten gehabt hatte. Der war in Bamberg stationiert gewesen. Klar hatte ihm Elke Hörner aufgesetzt. Dafür hatte ihr Ludwig beinahe regelmäßig das hübsche Gesicht poliert. Die flotte Elke hatte aus diesem Grund kaum Lidschatten gebraucht.

Und eines Tages verschwand Elke. Ludwig war ein paar Tage später zur Polizei gegangen und hatte Vermisstenanzeige erstattet. Ludwig spielte zwischen Entrüstung und Trauer.

„Sie haben Ihre Frau im Streit umgebracht!", hieß es. „Geben Sie es zu!"

„Pfeifendeckel mach ich!", hatte Ludwig zurückgebellt. Elke war mit dem Ami fort. Zur Untermauerung hatte Ludwig dem Prechtl-Hannes eine Flasche spendiert. Ja, er hat die Elke gesehen, mit zwei großen Pappkoffern, erzählte er. Diese Pappkoffer waren allerdings schon ein paar Tage vorher zerrissen in Flammen aufgegangen. Es war alles ganz perfekt organisiert. Und die Zeit würde das Ihre dazu beitragen. Elke war verschwunden und blieb verschwunden, denn Elke war tot!

Das nette Häuschen im Coburger Vorort Cortendorf hatte Elke von ihren Eltern geerbt. Irgendwann, wenn Elke für tot erklärt wäre, würde es ihm gehören. Vorläufig lebte er ungestört darin.

Er hauste mit Sonja zusammen. Er hatte sie beim Vogelschießen kennengelernt, dem Coburger Volksfest. Bedient hatte die Sonja, den Ludwig angeschäkert und war gleich mit ihm mitgegangen. Die Gerüchte störten Ludwig nicht. Und dass Sonja ein bisschen blöd war, machte ihm auch nichts aus. Ludwig hatte Geld, denn neben dem Häuschen hatten Elkes Eltern auch noch ein recht hübsches Sümmchen hinterlassen. Ludwig grinste in sich hinein, denn auch da waren sie ihm nicht draufgekommen. Das Geld war bis auf den letzten Cent abgehoben und verbunkert. Offiziell hatte es Elke mitgenommen nach Amerika. Das war äußerst glaubwürdig. Ohne Geld hätte sie Ludwig ja nicht gehen lassen können.

Und jetzt einen Glühwein im *Ratskeller*. Ludwig betrat das Restaurant und nahm seinen Stammplatz ein. Die Bedienung umschwänzelte ihn, denn er war nicht gerade geizig. Dafür beugte sie sich besonders weit vor.

„Noch nichts gehört von der Elke?", fragte sie und gönnte ihm einen tiefen Einblick, den er offensichtlich genoss.

„Nein, nix!", knurrte er, denn es ging ihm auf den Geist, dauernd gefragt zu werden. Er wollte seine Ruhe haben. Elke ruhte an einem guten Ort. Dort konnte sie bleiben, sagte sich Ludwig und nach ihm die Sintflut.

Seine Laune besserte sich kaum, als der Sparkassendirektor auftauchte. Ludwig lächelte, denn der alte Fuchs schien zu ahnen, wer das Geld besaß. Keine Zweifel hegte Ludwig, dass dieser aalglatte Kerl scharf darauf war. Ludwig musste höllisch aufpassen, nicht auf dem Glatteis auszurutschen und in eine Erpressergeschichte zu schlittern. Daher bediente er den Bankmenschen mit verheißungsvollen Lügenmärchen.

„Zahlen!", rief er und beglich die kleine Zeche des Bänkers großzügig mit. Der musste sich ja fragen, wovon Ludwig lebte? In der Kartonagenbude verdiente er bestimmt keine Reichtümer. Aber Ludwig würde dieser listigen Ratte nicht auf dem Leim gehen. Niemand würde ihn leimen können, kein Gescheiter und ein Dummer erst recht nicht.

So dachte Ludwig und war davon absolut

überzeugt. Er bestieg seinen Wagen und fuhr am alten Rosenauer Schlösschen vorbei zum neuen Hallenbad. In der Nähe lag das Haus.

Als er um die Ecke fuhr, trat er hart auf dem Bremse. Blaulicht! Polizei! Ein Unfall? Oder was?

Er überlegte. Dann parkte er den Wagen etwas weiter unten und stieg aus. Es war ganz komisch. Er hatte doch nichts zu befürchten. Und trotzdem schlackerten ihm die Knie. Ludwig fühlte eine Schwäche und hatte einen staubtrockenen Hals. Dann sah er den Kommissar. Der kam auf ihn zu. Mit Handschellen. Es klickte, ehe Ludwig nur die Zähne auseinander bringen konnte.

„Ihre Sonja hat entrümpelt", verkündete er mit Siegermiene. „Sie hat die alte Gefriertruhe aus dem Keller rausgeschmissen. Und die Müllfahrer haben reingeguckt. Nix mit Amerika!"

„Nix wie blöde Weiber hat man um sich!", knurrte Ludwig und spuckte auf den Boden. „Dumm wie altes Rindfleisch … dümmer wie Brot!

DER WEISSE PULLOVER

Auf diese Party hatte sich Henry schon seit Tagen gefreut. Eine richtige Party war es eigentlich nicht, sondern eher ein Zusammentreffen von Erinnerungen, ein Austauschen der Neuigkeiten aber auch eine willkommene Gelegenheit, sich mit bissigen Seitenhieben bemerkbar zu machen.

Henry lehnte sich zurück, streckte die langen Beine unter dem Tisch aus und zerdrückte auf dem Gaumen eine Erdbeere, die ihm viel zu sauer war. Ihm gegenüber saß Betty. Sie war Ärztin. Jedenfalls behauptete sie dies, wogegen Henry schon des öfteren bemerkt hatte, ihre Kenntnisse seinen allenfalls ausreichend, einem Pferd den Blutdruck zu messen. Bettys Blick klebte lüstern auf der üppigen Sahnetorte. Ohne Mühe hätte sie Henry ihr zuschieben können. Er dachte nicht daran. Die Vorstellung, wie ihr das Wasser im Munde zusammenlief und wie sie darunter zu leiden hatte, befriedigte ihn hinreichend.

„Ach ja, so ist das", sagte Henry und ergab sich dem Schweigen. Er schien Emely zu betrachten, die Gemeindeschwester, die unentwegt an ihrer scheußlichen Bluse zupfte und schon zum dritten Male nach dem Tee gefragt hatte.

„Wir müssen auf Peter und Hannah warten", sagte Clarissa, die Gastgeberin. „Mit Peter soll es ja schlimm stehen, wie man hört. Der Arme!"

„Er soll kaum mehr Luft bekommen, so schlimm steht es um ihn, sagt man. Jeder Schritt soll ihm eine Qual bedeuten, sagt man", wusste Emely zu berichten. Sie hörte auf, an ihrer Bluse zu zupfen und ruckelte ihren mageren Oberkörper aufrecht. Jetzt war sie dran. Jetzt war sie wichtig!

„Warum geht er dann aus?", knurrte Henry. „Wenn ich keine Luft bekomme, dann gehe ich nicht aus! Ich bedauere nur Hannah. Er vergiftet ihr das Leben, dieser Hypochonder, dieser erbärmliche."

Peter und Henry waren einmal Freunde gewesen. Doch Zeit hatte diese Freundschaft bröckeln lassen und schließlich unter dem Schutt der Vergangenheit begraben. Mehr als ein paar Erinnerungsfetzen war das heute nicht mehr wert.

Sie alle waren zusammen älter geworden, schleppten alle Ihre Erinnerungen mit sich herum und lebten mit ihren Gewohnheiten, die ihnen ein wenig Sicherheit gaben. Was sie einander zu sagen hatten, war nicht mehr viel. Sie klagten, jammerten und bedauerten einander, was sie jedoch alle nicht davon abhielt, gelegentlich bösartig zu Seitenhieben auszuholen, um dafür Beifall oder Missbilligung zu ernten.

Und dann kamen sie endlich, Hannah und Peter. Sie waren, um es deutlich zu sagen, der personifizierte Gegensatz. Neben Hannah, die sehr groß und sehr schlank war und daher riesig wirkte, nahm sich Peter beinahe wie ein Kind aus. Sehr klein und sehr mager stand er, von einem weiten Pullover umhüllt, mit grauem Gesicht neben Hannah, die einem nach dem anderen lahm die Hand reichte und dann zu Peter „Setz dich" sagte.

Hannah hatte schon immer eine Brille getragen. Jetzt, so meinte Henry giftig, hatte sie es geschafft, ihr hageres Gesicht mit einen quadratischem, schwarz umrandetem Monstrum völlig zu verunstalten. Henry spottete, sie hätte etwas von der unüberwindlichen Barriere einer Vorzimmerdame. Sein Missfallen war hörbar und sehr augenscheinlich.

„Es geht ihm schlecht, meinem Peter", berichtete Hannah der Runde. „Als wir bei Rainbergers um die Ecke bogen, dachte ich schon, wir müssten umkehren. Ach ja …"

„Und warum seid ihr nicht umgekehrt?", fragte Henry bissig.

„Weil wir dir diesen Gefallen nicht tun wollten", schlug Hannah zurück. Sie bleckte ihre großen Schneidezähne.

„Davon hätte ich nichts gehabt", brummte Henry wegwerfend. „Außer, dass ich mir den Anblick erspart hätte." Er richtete sich auf und tastete mit hämischen Blicken die Gesichter ab, ehe er fortfuhr: „Oder findet ihr diesen Anblick schön. Also, ich bedanke mich. Übrigens sind die Erdbeeren viel zu sauer. Man sollte um diese

Jahreszeiten keine Erdbeeren kaufen, findet ihr nicht?"

„Du bist niederträchtig", sagte Hannah. Hinter ihren Brillengläsern glitzerte es feucht und wütend. „Gib ihm keine Antwort, Peter, falls er dich wieder angreift", sagte sie weinerlich zu ihrem Mann. „Das hast du überhaupt nicht nötig." Ihr Kopf schnellte zurück, und man sah direkt in ihre Nasenlöcher, breit und dunkel wie Dachsbauten.

„Ich greife ihn doch gar nicht an", meinte Henry und verzog sein Gesicht zu einem bösen Lächeln. „Niemanden greife ich an. Oder habe ich vielleicht jemanden angegriffen?" Dabei ruckte er mit dem Kopf wie ein Futter suchender Hahn.

Betty guckte auf die Torte, Emely zupfte an ihrer Bluse und Clarissa hantierte umständlich mit dem Tee, viel zu lange, wie Henry aufmaulte.

„Du rauchst noch immer, Peter", sagte Emely vorwurfsvoll und betrachtete Peters gelbe Finger, die er verlegen unter dem Tisch zu verbergen suchte. „Das ist nicht gut für deine Gesundheit, es ist gar nicht gut!"

„Für eine Gesundheit, die nicht mehr vorhanden ist, kann man nichts tun", entschied Henry hämisch. „Aus einem alten Gaul macht man kein Füllen mehr, nicht einmal, wenn man ihn mit vergoldetem Hafer füttert."

„Du bist gemein", sagte Hannah und entzog

ihm beleidigt ihren Blick. „Vergiss nicht, nach dem Tee deinen Blutdruck zu messen", sagte sie zu Peter und bat Clarissa daraufhin, den Tee, um Gottes Willen, nicht zu stark zu machen. „Es ist wegen dem Herz", erklärte sie abschließend.

„Peter könnte umfallen", witzelte Henry und nahm sich noch eine Erdbeere, die er mit widerwillig verzogener Miene lutschte. „Aber Spaß beiseite", fuhr er dann fort und verlieh dem Ernst seiner Worte dadurch Nachdruck, indem er seine lümmelnde Haltung aufgab und sich gerade hinsetzte. „Wie ist es möglich, dass er keine Luft kriegt?"

„Er kriegt ja Luft", klagte Hannah, „Das ist es eben. Aber er kann sie nicht ausatmen. Es bleibt das, nun, wie sagt man doch …?"

„Das Kohlenmonoxyd!", rief die Ärztin und schaffte es, den Blick von der Torte zu wenden. „Es ist das Kohlenmonoxyd, das seinen Körper vergiftet und das beim Atmen entsteht. Wenn man es nicht ausatmen kann, vergiftet man sich …"

„Clarissa!", rief Henry nun ungeduldig. „Wo bleibt denn der Tee? Und hoffentlich ist deine Sahne nicht wieder sauer, wie beim letzten Mal?"

„Das betrifft mich nicht", sagte Hannah spitz. „Ich nehme ihn mit Zitrone."

„Was dir ausgezeichnet zu Gesicht steht, liebe Hannah, und was den Vitaminhaushalt so ordentlich in Schwung bringen soll."

„Das ist wahr", bestätigte Betty. „Allerdings kann der Körper Vitamin C nicht speichern, von daher gesehen sollte man …"

„Vitamin K ist gut für die Augen!", meldete sich Emely zu Wort und hob dabei wie ein Schulmädchen die Hand. „Auch Vitamin B soll gut sein …"

„Für die Nerven", dozierte die Ärztin. „Es ist ein Nervenvitamin, und ich kann mir vorstellen, dass es Henry sehr gut tun würde." Ihr hinterfotziges Lächeln schob die Hängebacken etwas nach oben, ließ ihre goldenen Eckzähne sichtbar werden und milderte für ein paar Augenblicke die gewöhnlich missmutigen Züge.

„Lass meine Nerven in Ruhe!", rief Henry aufgebracht. Er vertrug es nicht, wenn man ihn angriff, denn einstecken konnte er nicht. Es ging ihm gegen den Strich. „Meine Nerven sind okay. Aber du Betty, du solltest abnehmen." Er taxierte wieder die Gesichter der Runde. „Oder findet ihr nicht, dass Betty verfressen ist? Ihr werdet es mühelos erkennen, sobald das erste Tortenstück auf ihrem Teller gelandet ist."

„Ich esse sehr selten Torte", log sich Betty faustdick. Der unfreiwillige Verzicht, zu dem sie sich nun zwingen musste, ließ ihre Augen fast hasserfüllt schillern.

„Lass sie doch", sagte Hannah und quetschte grimmig Zitronensaft in ihren Tee. „Jeder wie er kann und wie er mag. Du sollst es ja auch mit den Beinen haben, Henry? Jedenfalls hat dich

Luzie Steiner fast zehn Minuten, wenn nicht länger, vor dem Schaufenster bei *Hornberger* stehen sehen. Dort verkauft man Spielzeug!" wandte sie ich an die Runde. Sie lachte meckernd und fuhr dann fort: „Er bleibt vor einem Spielzeugfenster stehen. Er! Ausgerechnet er! Was will er den mit Spielzeug anfangen? Du musst dich gar nicht über andere mokieren, Henry. Wer nämlich in Glashaus sitzt, sollte sich hüten mit Steinen zu werfen."

Henry zog den Kopf ein. Es wurmte ihn, nicht gleich die richtigen Worte finden zu können. Er war Siege gewohnt. Niederlagen bedeuteten Schmach und ließen ihn klein erscheinen. Er wollte nicht klein sein; er hatte es nie ertragen können, hinter anderen zurückstehen zu müssen.

Für eine Weile beherrschte Schweigen die obskure Gesellschaft. Danach tröpfelte eine nichtssagende Unterhaltung vor sich hin, die von einer höflichen Distanz geprägt war. Man reichte die Worte hin und er wie Zuckerdose und Sahnetöpfchen.

Erst ein Hustenanfall Peters brachte wieder Bewegung in die Szene.

„Er braucht Luft!", schrie Hannah gell, stürzte zum Fenster und riss es auf. „Wo ist die Tasche? Wo ist seine Medikamententasche? Wo habt ihr sie hingetan? Er wird ersticken!"

„Du hättest die Sauerstofflasche mitnehmen sollen", sagte Henry gelassen. Er grinste breit und lümmelte sich wieder in den Stuhl. Dann faltete er die Hände und begann teilnahmslos Däumchen zu drehen, während um ihn herum ein Chaos ausbrach.

Betty stocherte hastig in der Torte herum und nahm ein paar Löffel, bevor sie sich dem atemringenden Peter zuwandte, der mit grauem Gesicht im Stuhl hing und von Hannah auf die Wangen gepatscht wurde. Peters Atem rasselte beängstigend, während Hannah mit zittrigen Händen eine kleine Maske aus der Tasche holte und sie Peter über Mund und Nase stülpte.

„Du musst pumpen, Emely!", schrie Hannah der Gemeindeschwester zu, die fassungslos, aber auch etwas verloren neben dem Geschehen kauerte und nun noch heftiger an ihrer Bluse zupfte.

„Oh Gott, oh Gott!", klagte sie hilflos.

„Du sollst pumpen, Emely! Hast du nicht gehört? Also pumpe!", sagte Henry und nahm einen Schluck Tee. „Die Sahne ist doch sauer", bemerkte er gleich darauf gespielt gleichgültig, und Clarissa sah blöde an.

Als man sich einen Monat später wieder traf, war Peter nicht mehr dabei. Er war wenige Tage nach dem denkwürdigen Ereignis gestorben. Hannah, mit ihrer schwarzen Brille, in ihren schwarzen Kleidern, wirkte noch größer und noch schlanker und sah aus wie der Baum einer Friedhofsallee.

Peters Witwe hatte einen Sack dabei, den sie neben der Tür abstellte.

„Hast du deinen Peter mitgebracht?", fragte Henry boshaft. „Mir scheint, du kannst nicht ohne ihn? Köstlich! Peter im Sack!" Er lachte meckernd. „Möchtest du ihn nicht herauslassen, Hannah?"

„Du bist niederträchtig und geschmacklos", sagte Hannah. „ Und du wirst büßen für deine Niedertracht. Ich schwöre es. In dem Sack sind nagelneue Kleider, damit du es weißt!"

„Doch nicht von Peter?", fragte Henry beinahe etwas ängstlich und betastete den geheimnisvollen Sack mit misstrauischen Blicken.

„Natürlich nicht", wies Hannah ab. „Peters Kleider habe ich all verbrannt. Man weiß ja nie …"

„Seine Krankheit war nicht ansteckend", sagte Betty, die sich bereits vor Henrys Ankunft mit Kuchen versorgt hatte und sich daher nun gesättigt und zufrieden zurücklehnen konnte. „Atemkrankheiten sind niemals ansteckend."

„Es gibt Ausnahmen. Eine Ausnahme ist Tuberkulose!", rief Emely, hörte auf zu zupfen und hob die Hand. „Tuberkulose ist ansteckend."

„Außergewöhnlich ansteckend", bestätigte Betty.

„Peter hatte aber keine Tuberkulose", verteidigte Hannah ihren toten Mann. „Es war eine Gasaustauschkrankheit, jawohl, so eine Krankheit ist es gewesen und keine Tuberkulose, wie hier behauptet wird."

„Ich habe nie Probleme mit den Gasaustausch", verriet Henry und strich sich hinterfotzig über den Bauch, wobei er nun andeutungsweise den Hintern hob.

„Untersteh dich!", rief Clarissa empört. „Übrigens finde ich deine Witze äußerst unangebracht, Henry. Sie sind …"

„Taktlos", half ihr Emely auf die Sprünge.

„Jawohl", bestätigte Hannah nachdrücklich und malte einen Strich in die Luft. „Niederträchtig und gemein sind sie. Du wirst deine Strafe noch kriegen. Denk an meine Worte. Nein, was bist du doch gemein, Henry!"

„Was hast du nun in deinem Sack?", fragte Henry neugierig. „Hast du etwas zu verschenken, meine Liebe? Du weißt ja, Geschenke sind mir stets willkommen, da sie die Freundschaft erhalten und festigen."

Henrys Geiz war sprichwörtlich. Und wenn man jemanden als Schnorrer bezeichnen sollte, so passte dieses Wort auf Henry wie die Faust aufs Auge. Henry konnte alles brauchen, solange es keine Kosten verursachte.

„Wie euch allen bekannt ist, studiert Philipp in Spanien", begann Hannah über ihren Sohn zu berichten. „Er hatte noch neue Sachen hier gelassen und bat mich, sie zu entsorgen. Aber ich finde, dazu sind sie viel zu schade. Warum soll man etwas wegwerfen, das noch gut ist. Es wäre schade darum."

„Das finde ich auch", stimmte Henry sofort zu. „Die Menschen werfen viel zu viel weg. Es kostet alles Geld."

„Viel Geld", sagte Emely, und sie sagte es, wie es schien, um überhaupt etwas zu sagen. „Geld liegt nicht auf der Straße", fügte sie hinzu. „Nein, das tut es wirklich nicht!"

„Für dich ist nichts dabei, Emely", sagte Henry knurrend wie ein futterneidischer Hund. „Es sind Sachen von Hannahs Sohn. Das hast du doch gehört. Und du bist kein Mann, Emely."

„Bei Pullovern spielt es keine Rolle", maßregelte Clarissa giftig.

„Das meine ich auch", sagte Hannah, und ihre Augen glitzerten wieder boshaft. „Warum sollte Emely nicht einen Pullover meines Sohnes tragen können?"

„Weil sie darin vermutlich wie ein abgeschossenes Moorhuhn aussähe!", rief Henry und lachte meckernd. „Emely, das Moorhuhn, stellte sie euch in einem Herrenpullover vor! Es fehlte nur noch ein Matrosenkäppchen. Den Teint eines schottischen Tiefseetauchers besitzt sie ja von Geburt an."

„Es ist nur, weil du die Sachen für dich alleine haben willst", stellte Emely weinerlich fest. „Du wolltest immer alles für dich alleine. Du wirst deine Bosheit noch büßen müssen. Du wirst mit deinem Geiz noch ein böses Ende nehmen."

„Und mit der Niederträchtigkeit", fügte Hannah hinzu. Dann ging sie zum Sack und kramte darin herum. Henry hatte sich erhoben und legte seine Hand auf Emelys Schulter, wobei er sie nach unten drückte.

„Der weiße Pullover!", schrie er. „Den weißen möchte ich haben. Er ist euch allen viel zu groß. Hat er einen Reißverschluss? Reißverschlüsse liebe ich, sie sind so bequem!"

Sie zerrten alle an den Kleidungsstücken herum wie Hunde an einem Knochen, und es schien in einen richtiggehende Balgerei auszuarten. Schließlich raffte Hannah alles zusammen und klammerte sich daran fest.

„So geht das nicht!", rief sie schrill. „Ihr macht ja alles kaputt, bevor es jemand probiert hat. Schließlich wäre es schade darum, wenn es kaputt ginge."

„Sehr schade", sagte Emely und befühlte einen rostfarbenen Pulli, während Henrys Blick sich an der weißen Strickjacke mit Reißverschluss festsaugte.

„Die sieht ja wie neu aus, wie nie getragen", sagte Henry andächtig. Hannah sah ihn mit glitzernden Augen an. Ihre Blicke waren tückisch, und ein mattes Lächeln spielte dabei um ihren verkniffenen Mund.

„Sie wurde ein einziges Mal getragen", sagte sie nicht ohne Stolz.

„Aber sie wurde hoffentlich gereinigt?" fragte Henry misstrauisch.

„Sie wurde desinfiziert", kam es gehässig von Betty. „Hannah hat sie bestimmt in Formaldehyd gebadet, nicht war, meine Liebe?"

„Ihr wisst, ich kann getragene Sachen nicht tragen, bevor sie nicht ordentlich gereinigt sind. Ich bin allergisch", erinnerte Henry. „Ronald Meiberger schenkte mir einen Schal. Er war nicht gereinigt, und ich bekam prompt einen Ausschlag." Henry schob seinen Kragen beiseite, zeigte seinen fleckigen Hals woraufhin die Gesellschaft drehte angewidert die Köpfe zur Seite drehte. „Noch heute habe ich damit zu tun. Es kam nur von einem ungereinigten Schal, stellt euch das vor! Mich kann so etwas das Leben kosten, sagt mein Arzt!"

„Schrecklich", sagte Hannah, und ihre Augen glitzerten wieder. „Schlimm, was da alles passieren kann. Man sollte es nicht glauben. Aber es passiert eben."

„Bekomme ich also die Jacke, oder willst du sie mir nicht geben?", fragte Henry. „Ich meine, ihr müsst doch alle einsehen, dass sie Emely nicht passt? Sie ist ihr viel zu groß. Und du, Betty, du bist zu fett für diese Jacke. Nun, und du, Clarissa, du hast es ja wohl kaum nötig, gebraucht Kleidung zu tragen? Ich hingegen, ihr müsst wissen, meine Pension, sie ist sehr klein, ich bin direkt darauf angewiesen."

Henry hatte sich das Gesicht rot geredet und hielt keuchend inne. Seine Blicke tasteten nach Zustimmung. Es herrschte eine fast atemlose

Spannung.

„Na, in Gottes Namen!", erlöste ihn Hannah von seiner Qual. „Du sollst sie haben. Auch wenn du sie, und das möchte ich betonen, eigentlich nicht verdient hast, so niederträchtig wie du dich immer benimmst. Ich will nicht nachtragend sein."

„Ich bin es auch nicht", sagte Emely halbherzig. „Wenn du mit dieser Jacke glücklich wirst, soll es mir recht sein. Außerdem finde ich ohnehin, dass sie komisch riecht."

„Das ist das Formaldehyd", sagte Betty. „Hannah hätte die Jacke besser spülen sollen."

„Ich habe sie gut gespült", erklärte Hannah aufsässig. „Sehr gut sogar habe ich sie gespült. Zieh sie an, Henry. Wir möchten alle sehen, wie sie dich kleidet."

Mit feierlicher Miene nahm Henry das Kleidungsstück an sich, legte seine eigene, schon etwas schäbige Jacke ab. Dann legte er das geschenkte Kleidungsstück an und stolzierte wie ein Gockelhahn auf und ab.

„Ich sehe doch gut aus, oder nicht?" triumphierte er. „So gesehen, habe ich wieder richtige Chancen bei den Frauen, oder nicht? Die Jacke ist auch wunderschön weich, obwohl ..." Er hielt inne und roch am Ärmel. „Obwohl, sie riecht doch irgendwie komisch?"

„Ich habe sie wirklich gut gespült", sagte Hannah, und ihre Augen glitzerten boshafter den je.

„Ich dachte schon, ich kriege den Leichengeruch niemals heraus."

„Den …?", krächzte Henry und seine Hand fuhr zum Hals.

„Den Leichengeruch", sagte Hannah hart und gnadenlos. „In dieser Jacke habe ich Peter gefunden. Er musste die ganze Nacht darin auf dem kalten Küchenboden gelegen haben, stellt euch das vor, die ganze Nacht! Und das Leichengift ist in die Jacke gegangen."

Henry begann zu röcheln. „Leichen …" Seine Augen quollen aus den Höhlen. Das Gesicht entwickelte eine beängstigend ungesunde Rotfärbung, und er begann nach Luft zu schnappen wie ein Fisch auf dem Trockenen. „Leichen – gift …"

„Hast du Probleme mit dem Gasaustausch?", flüsterte Hannah boshaft und beugte sich über ihn, nachdem er zu Boden gegangen war. „Ich habe den Medizinkoffer nicht dabei. Peter braucht ihn nicht mehr. Warte, ich will das Fenster öffnen. Damit der Gasaustausch funktioniert."

„Es ist das Herz!" rief Betty panisch aufgeregt. „Es muss das Herz sein. Einen Schock hat er – einen allergischen Schock!"

„Einen Formaldehydschock!", sagte Emely. „Hast du nichts von Peter dabei? Hast du nichts gegen den Schock, Hannah?"

„Nein, nichts", sagte Hannah ganz ruhig und

kreuzte ihre Arme über der flachen Brust ihres schwarzen Kleides. „Nichts, außer diesem Pullover. Das einzige was von Peter stammt. Ich versichere euch, ich habe ihn gut gespült, den Pullover. Besser hätte ich es nicht gekonnt." Sie blickte mitleidslos auf den sich am Boden krümmenden Henry.

Später, als man Henry im Blechsarg aus dem Haus trug, lehnte Hannah an der Tür, sehr groß, sehr schwarz und mit einem zufriedenen Lächeln auf den Lippen. Sie blickte den Trägern nach und lächelte milde. „Niemand außer mir hätte es besser gekonnt – das mit dem Spülen meine ich", sagte sie, drehte sich um, ging ins Haus und quetschte Zitrone in ihren Tee. „Übrigens", sagte sie dann. „Ich habe ein bisschen geschwindelt. Peter ist in seinem gestreiften Schlafanzug gestorben und nicht in diesem weißen Pullover. Aber nun ist Henry darin gestorben. Er hat ihn haben unbedingt haben wollen. Wer konnte ahnen, dass ausgerechnet der Pullover seinen Tod bedeutete? Oder war der Pullover nicht sein Tod?" Ihr Mund wurde ungewöhnlich breit, so vergnügt schien sie.

„Es war das Herz", schmatzte Betty und wischte ein Tortenkrümel von der Hängebacke. „Das schwache Herz."

„Ein Schock war es", sagte Emely. „Ein Formaldehydschock."

„Und wo waren wir vorhin stehen geblieben, bevor Henry seinen Schock hatte?", fragte Hannah schließlich zufrieden und ihr Blick, der einen Moment auf Henrys leerem Stuhl geruht hatte, glitt von ihm ab wie eine Schlange vom warmen Stein.

EIN PERFEKTER BETRUG

Schweiß glitzerte auf Bendraths Stirn. Seine Augen starrten auf den Bildschirm. „Scheiße!", knurrte er. „Verfluchte Schulden! Scheißhotel!"

Bendrath fuhr den PC herunter und drehte sich mit dem Stuhl um. Sein Blick fiel auf das Fotos Caytanias. Seine tolle Ehefrau. Ein Vollweib war sie. Gefährlich schön und glutvoll – wie nur eine Spanierin sein kann.

„Diese spanische Hexe bringt dir den Ruin", hatte Bendraths Mutter nach der Hochzeit gesagt. Aber er liebte die spanische Hexe. Was sollte er machen? Die Tür öffnete sich. Caytania trat ein.

„Cariño", sagte sie und fuhr ihm durchs Haar. „Noch immer diese Sorgen? Ich weiß, diese Schulden. Was würdest du sagen, wenn wir sie los wären – mit einem Schlag?"

Bendrath richtet sich auf. „Du spinnst!"

Caytania lachte dunkel. „Was willst du mit dem alten Hotel deiner Eltern? Es ist unrentabel!"

„Das Haus liegt wunderschön am Neckarufer", beharrte er. „Man muss modernisieren und etwas daraus machen."

„Ich hasse diese verdammte Gegend, hasse

diesen scheußlichen Dialekt", sagte die schöne Spanierin. „Ich habe eine großartige Idee!"

„Ach?"

„Ich sterbe für dich!"

„Hör mit dem Blödsinn auf!" Er sprang hoch und hielt inne. „Du meinst …?"

„Ich meine die Versicherung", sagte Caytania. „Eine halbe Million."

„Du meinst, wir sollten deinen – Tod inszenieren?"

„Erfasst!", sagte sie. „Ich hasse diese Kälte. In Spanien ist es immer warm. Auf den Islas Canarias zum Beispiel!" Caytania hängte sich an seinen Arm. „Wir könnten dort ein Hotel haben. Dort lässt sich Geld machen. Aber hier – in diesem Pueblo am Neckar? Mierda!"

Bendrath entschloss sich, die Versicherung um eine halbe Million Euro zu betrügen.

„Wir machen es in Spanien", sagte Caytania ein paar Tage später. „Am besten oben in Galicia", fuhr sie fort. „Dort wo die Steilküsten sind. Ein billiger Mietwagen. Und runter damit über die Klippen ins Meer. Dann findet man nur noch ein paar Blechteile, mehr nicht. Und dann bin ich tot!" Sie lachte dunkel und schnippte ihre Zigarette weg.

„Tot?" Er lachte ebenfalls. „Eine merkwürdige Vorstellung."

„Überlass nur alles mir", sagte sie gelassen.

„Und wenn sie uns erwischen?"

Panik war in Bendraths Stimme. Er packte sie an den Schultern. „Dann wandern wir für ein paar Jahre in den Knast!"

„Tonderia!", stieß sie hervor. „Blödsinn ist das. Mach dir nicht in die Hosen. Du bist du ein Kerl – ein hombre, oder nicht?"

Er wischte sich über die Stirn. Dann strich er ihr übers Haar. Caytania schüttelte ihn ab. Ihre Augen funkelten ihn böse an. „Du bist ein Feigling, Bendrath!"

„Lass diese Scherze!", drohte Bendrath verstimmt. „Wenn man ein Verbrechen begeht, muss man mit allem rechnen. Ob es das perfekte Verbrechen gibt?"

„Lass es dir beweisen", schnurrte Caytania. Dann küsste er sie. Und sie bewies ihm einmal mehr ihre grenzenlose Leidenschaft.

Bendrath fädelte alles ganz genau ein. Sie gingen ihren Plan mehrmals minutiös durch. Und dann war es so weit. Sie reisten nach Spanien.

Die Pension im kleinen Küstenort war winzig und billig. Die Besitzerin gehörte zu den Neugierigen und war obendrein, wie Caytania fand, auch ein bisschen blöde. Das passte gut ins Bild, denn Caytania verabschiedete sich mit spanischer Lautstärke, sodass jeder wusste, sie würde um fünf Uhr wieder hier sein.

So zehn Minuten vor fünf begann er unruhig

zu werden. Er stand auf, ging ein Stück des We-
ges, kehrte zurück, holte ein Taschentuch heraus, wischte sich die Stirn.

„Nada – nichts!", sagte er zur Wirtin und spielte seine Verzweiflung großartig

„La Señora no ha volvido!", rief sie und meinte damit, die Frau sein nicht zurückgekehrt. Man
müsse nach ihr suchen. Vielleicht sein ein Un-
glück geschehen? Auf geheimnisvolle Weise
tauchten auch Polizeibeamte auf. Er musste seine Nervosität gar nicht spielen, denn er war ein
vollkommen natürliches Nervenbündel, als man
ihn in ein Auto schob und sich eine ganze Ko-
lonne in Bewegung setzte. Alles was Beine hatte
rannte der Meute hinterher.

Die Leitplanke an der abschüssigen Kurve war
bereits vorher gelockert worden. Im Gebüsch
hatte ein Moped bereitgestanden. Damit hatte
Caytania ihre Weiterreise angetreten. Man hatte
vereinbart, wie man Kontakt aufnehmen würde.
Es musste alles behutsam vor sich gehen, damit
niemand Verdacht schöpfte ...

Dann kam man an der durchstoßenen Leitplanke an. Es herrschte ein völliges Durcheinander. Frauen kreischten, irgendwo quäkte ein
Kind, und es bellte ein Köter, der wohl in einen
der Wagen gehüpft war. Lichtkegel tanzten. In
den Felsen lagen ein paar wenige Blechtrümmer.
Zwischen den Wellenkämmen glänzte schwarz
das Meer, das an dieser Stelle sehr tief war.

Bendrath spürte viele Hände. Er musste trauern. Das tat er tränenlos und starr. Nun sollte ihm Caytania nur noch eine SMS schreiben. Danach konnte durchatmen.

Diese SMS kam wie vereinbart um Mitternacht: „Ich liebe dich!", las Bendrath erleichtert.

Man suchte tagelang nach der Leiche und gab schließlich auf. Das grausame Meer würde sein Opfer wohl kaum noch herausrücken. Es gab viel Bürokram. Bendrath veranstaltete eine Trauerfeier ohne Leiche am Familiengrab. Einige Tage wartete Bendrath ab. Er wollte nicht taktlos erscheinen. Schließlich wagte er den Schritt zur Versicherung. Natürlich hatte er alles bereits eingereicht. Er wollte aber nicht drängen. Man empfing den trauernden Witwer. Einer der Herren im Anzug nahm hüstelnd neben ihm Platz.

„Herr Bendrath, wie haben den Betrag bereits nach Spanien an Ihren Schwager Carlos Mendoza-Parera überwiesen. Sie haben doch die Begünstigung ändern lassen. Hier ist das Dokument mit Ihrer Unterschrift. Kam per Einschreiben ein Woche vor dem Tod Ihrer Gattin!"

„Was? – Das – das ist – ist Betrug!"

„Wie bitte? Betrug? Wollen Sie damit sagen, dass …?"

„Nein, nichts. Es ist alles in Ordnung", sagte Bendrath hastig. Er winkte ab. Ihm war übel. Er kam sich steinalt vor, als er das Gebäude verließ. Die Sonne schien ihm ins Gesicht. Sie schien auch für Caytania und ihren Liebhaber im fernen

Spanien. Caytania, das Miststück hatte ihre letzte Reise gut vorbereitet. Er fluchte und trat gegen solange die Mauer, bis ihm vor Schmerz fast der Fuß explodierte. Wohler war ihm danach auch nicht.

EINE HEISSE LÖSUNG

„Nu mach doch hinne!", drängte Rieke. „Beerkamps nehmen uns mit aufs Feuerwehrfest nach Sendenhorst."

„Geh du man los", brummelte Jupp und starrte auf die Zahlenkolonne am Laptop. "Ich nehm den Wagen und komm nach. Wer weiß, wie lang ich den noch habe, wenn wir nicht einmal mehr die Versicherung zahlen können."

„Dein Auto behältst du", sagte Rieke. „Dafür ist gesorgt!" Sie küsste ihn in den Nacken. „Du weißt doch, dass du dich immer auf mich verlassen kannst!"

Die Bullenmast war die Hose gegangen war, der Versuch, den Hof in ein Erlebnis-Museum umzuwandeln ebenfalls fehlgeschlagen. Er hatte doch wirklich alles versucht, sogar ein altes Kettenkarussell aufgetrieben und eine Grillbude daneben gestellt. Rieke hatte viele Male die Würste wegwerfen müssen, denn es waren kaum Leute gekommen. Schnapsidee, hatte Rieke gescholten und war tagelang richtig sauer gewesen. Das ganze Unternehmen hatte sie noch tiefer in die Schulden gerissen. Es gab nahezu keinen Ausweg mehr.

Sein Plan stand fest: Das ganze Gelumpe abfackeln, die Versicherung kassieren und irgendwie neu anfangen. Kaum war Rieke mit den Nachbarn vom Hof gefahren, machte sich Jupps ans Werk Der Schweiß brach ihm trotz der Kälte aus den Poren, während er die Benzinkanister zu den Stallungen schleppte.

Vieh stand schon lange nicht mehr dort. Jupp hatte es sich alles genau ausgerechnet. Doch alles zusammen mit dem Fuhrpark war mit einer dreiviertel Million versichert. Jupp kicherte in sich hinein. Da bliebe nach Abzug der Bankschuld noch ein schöner Batzen übrig.

Jupp hielt inne. Am Nachbarhof kläffte ein Köter. Waren denn jetzt noch Leute da? Zeugen konnte er nicht gebrauchen! Gewöhnlich gingen sie alle auf das große Fest nach Sendenhorst. So schnell ging es mit der Feuerwehr sicher nicht, denn die hatten alle einen in der Krone. Bis die mit ihrem Dammes zum Feuerwehrhaus gelangten und mobil machten, war mit Sicherheit nichts mehr zu retten.

Jupp zog eine Spritspur an der Bretterwand entlang bis zu dem eingelagerten Heu, das schon lange schimmelte. Dann ein Schwall über die Maschinen. Jupp ächzte mit einem neuen Kanister zu den Boxen. Das Benzin hatte er schon vor Wochen von verschiedenen Tankstellen geholt. Dabei hatte er sorgfältig darauf geachtet, dass ihm kein bekanntes Gesicht über den Weg lief.

Endlich war es so weit. Es stank wie in einer Raffinerie. Jupp machte sich keine Gedanken wegen der Brandstiftung. Das konnte man ja durchaus vermuten. Aber er würde auch auf dem Fest sein, wenn es losging. Es würde eine Zeitlang dauern, bis die Kerze heruntergebrannt war, die er am Heu abstellte. Er hielt keinen Brandermittler für schlau genau, auf diesen Trick zu kommen.

Jupp sah sich noch einmal um. Alles bestens. Es musste ganz einfach klappen. Dann schnatterte sein klappriger Opel über die holprige Landstraße zur Hauptstraße nach Sendenhorst.

Im Festzelt war eine Bombenstimmung. Riekchen war ganz ausgelassen und tanzte mit dem dicken Beerkamp auf dem Biertisch. Ach ja, sie verdiente die Abwechslung, denn nächtelang hatte sie über die Büchern gegrübelt, hatte hier und dort gespart.

„Nu komm schon tanzen!“, rief sie fröhlich und zerrte ihn auf den Tisch, der unten den Tritten ächzte und schepperte. „Du müffelst komisch, Jupp!“

„Feuer!“, schrie schließlich irgendwer. „Feuer!“ Die Blechmusik übertönte zunächst diesen Schrei. Dann kam Bewegung in die Masse. Alles strebte dem Ausgang zu und starrte zum Horizont. In der Ferne wirbelte eine gelbrote Lohe in den schwarzen Nachthimmel!

„Oh Gott, schrie Rieke. „Hoffentlich ist das nicht bei uns?“

Da neigte sich Jupp flüsternd an ihr Ohr. „Ich hab‘s abgefackelt. Wir sind gut versichert! Das rettet und und wir können ganz neu anfangen.“

„Schiete!", ächzte sie vernichtet. Sie zog ihn auf die Seite. Ganz käsig war ihr Gesicht. „Und ich hab die Prämie ausgerechnet dieses Halbjahr nicht bezahlt. Die für dein Auto war doch wichtiger!"

„Oh Rieke!"

KIRMESVERGNÜGEN

„Oupsala, jnädige Frau!" Jupp zog die stolpernde vollbusige Dame an seine breite Brust und beglückte sie mit einem strahlenden Lächeln. Den Griff in ihre offene Handtasche bemerkte sie nicht. „Viel Verjnügen up de Rhinkirmes!" Er grinste in sich hinein, denn vermutlich würde sie nicht einmal ein Fischbrötchen genießen können. Des schönen Jupps Augen glänzten, als er die drei Fünfziger in seinem Brustbeutel verstaute, die Geldbörse in den Rhein schmiss und ihr vergnügt nachblickte.

Die *Michaela II*, von der Düsseldorfer Altstadt kommend, spuckte wieder eine interessante Beutegesellschaft aus. Jupp hatte einen schier untrüglichen Blick für lohnende Objekte. Der überschlanke ältere Mann mit der flatternden Hose, den Bund mit dem hineingestopften Hemd bis fast zu den Brustwarzen hochgezogen, klammerte sich am Geländer der Ausstiegsbrücke fest. Seine Gesäßtasche war hübsch ausgebeult und nicht zugeknöpft. Ängstlich tappte der Mann voran.

„Na man langsam mit de Braut inne Hochzeitsnacht", flapste Jupp, war mit einem Sprung bei Klappermann, reichte ihm hilfreich die Hand, umarmte ihn flüchtig und dann war die Gesäßtasche flach. Hinterhältig wünschte Jupp viel Vergnügen. Danach schnappte er sich eine kurzbeinige Blondine, die dermaßen nach Chlorbleiche stank, dass Jupp beinahe auf den Klau verzichtet hätte. Aber die Goldkette war auch zu verlockend und landete in seiner Hosentasche.

Es ging nicht immer glatt. Manchmal setzte sich auch ein Gast heftig gegen die Hilfe zur Wehr. Aber nie war es einem aufgefallen, dass Jupp ihn beklaut hatte. Auf der riesigen Rheinkirmes in Oberkassel bemerkten sie wohl, dass ihnen die Geldbörsen fehlten. Doch da war das längst nicht mehr nachvollziehbar.

Eine neue Touristenfuhre kam über den Rhein geschippert. Jupp hörte die Meute schon vom Weiten in Feierlaune johlen. Niemals hatte er Pech. Ein Kegelclub oder etwas Ähnliches. Lauter junge Leute. Da wagte sich Jupp nicht dran, denn einmal im vorigen Jahr hatte er sich eine blutige Nase geholt. Von einem jungen Mann war die Umarmung falsch verstanden und mit einem sternenumhagelten Rundschlag quittiert worden. Seitdem fixierte Jupp seine Opfer genau. Er wollte den gleichen Fehler nicht zwei Mal machen.

Mit dem nächsten Schwung kam ein bekanntes Gesicht: Kommissar Jüttelpopp. Der hatte ihn schon ein paar Mal am Wickel gehabt. Von Jüttelpopp wollte er sich hier nicht blicken lassen, denn der würde den Braten sofort riechen. Mit ein paar Schritten sprang Jupp in die Büsche. Dabei rummste er gegen jemanden und kam ins Straucheln. Er drehte sich um. Aus einem faltigen Altfrauengesicht blitzten ihn giftige Blicke an. Die Alte rappelte sich auf.

„Pass doch auf, du Labbes!", keifte sie. „Wo hätt'se denn dinge Augen?

„Hinten hab ich keine Augen!", knurrte Jupp. Einen Moment lang überprüfte er die Alte auf Beutechance. Nach Reichtum sah das nicht aus. Eher nach „unter der Brücke". Sie ging den Spazierweg hinunter und verschwand an der Biegung. Jüttelpopp quatschte auch noch eine ganze Weile mit dem Käptn und versaute ihm die Tour. Nach und nach verschwanden seine potentiellen Opfer. Jupp trampelte ungeduldig auf und ab, als müsste er Pippi machen. Er tastete nach einer Zigarette.

Weg! Sein Brustbeutel war weg! Die Alte! Beklaut! Sie hatte ihn beklaut. Mistluder!

Jupp hätte jetzt gerne um Hilfe gerufen. Doch das ließ er lieber bleiben, stieß die Hände in die Hosentaschen und trollte sich. Feierabend!

KNOPF UND KNAST

„Sie haben also Ihren Vater gefunden?",
fragte Kommissar Helmreich. „Hier hinter der Theke?"

„Ja", sagte Brigitte. Ihr verschleierter Blick
wanderte über das Kyffhäusergebirge, bis hinüber, wo sich das Barbarossadenkmal befand.
„Erschlagen in seinem eigenen Lokal!"

„Werden Sie die *Schöne Aussicht* nur weiterfüh-
ren?"

„Aber sicher werden wir …"

„Ich weiß es nicht!", fiel Brigitte ihren Mann
Fritz ins Wort. Er stand an die Theke gelehnt
und knetete die Hände. „Es wird sich alles ergeben. Haben Sie inzwischen schon irgendwelche
Spuren?"

„Vermutlich Raubmord. Das Fenster wurde
von außen eingeschlagen. Die Kasse ist leer. Wir
halten Sie auf dem Laufenden sobald wir die
Spuren ausgewertet haben. Wir kriegen den oder
die Täter schon. Verlassen Sie sich drauf!"

„Das glaub ich Ihnen aufs Wort, Herr Kommissar", sagte Brigitte und lächelte dabei hinter-
gründig. Der Kommissar verabschiedete sich.

Brigitte setzte sich. Der schöne Fritz, wie man
Brigittes Mann nannte, brachte ihr einen

Schnaps. „Wer macht denn so was?", fragte er bedrückt. „Vielleicht die Punks, die auf dem Festival in Sondershausen waren? Die Kiffer, meine ich!" Fritz schenkte sich auf einen Schnaps ein und setzte sich. „Jetzt werden wir die Kneipe ganz anders aufziehen. Als Musikkneipe, oder so. Das wird der Brüller!

„Du hast gar nichts mehr zu brüllen", sagte Brigitte kalt. Sie stand auf und trat vor das Fenster. Die Kneipe war eigentlich eine Goldgrube, aber Brigitte keine gute Wirtin. „Ich habe diese Scheißbude schon immer gehasst. Jetzt aber wird alles anders!"

„Sag ich doch!"

„Nicht so wie du denkst! Du träumst schon davon, den großen Macker vor deinen Weibern zu spielen. Aber da bleibt dir die Gusche sauber, kann ich dir sagen!" Brigitte ging auf ihn zu. Ihre grünen Augen funkelten in sein Gesicht. Der schöne Fritz wich zurück. „Und du hast auch deshalb den Alten umgebracht. Du wolltest möglichst bald den Chef spielen. Ich hätte es vielleicht selbst bald getan, so ist mir der Alte auf den Wecker gegangen. Nun hast du mir die Arbeit abgenommen." Sie grinste ihn an.

„Du hast ja 'nen Vogel!", empörte sich der schöne Fritz. „Du und deine Eifersucht. Ich liebe nur dich!"

„Und die Ulla, und die Sonja, die Cindy, die Mandy …?", fragte Brigitte. „Deine ganze Weiberschar …"

„Spinn dir nischt zusammen. So viele Weiber waren das nicht. Ich hab mit dem Tod vom Alten nischt zu tun. Gar nischt hab ich damit zu tun. Die Einbrecher waren es!"

„Und was ist das hier?" Brigittes Hand schnellte nach vorn. Sie öffnete sich vor den Augen des schönen Fritz. Er riss sie auf.

„Was is'n das?"

„Ein Knopf", sagte Brigitte. „Ein Knopf von deiner Jacke, von der grünen mit den Aufschlägen. Du hast sie heute aus der Reinigung geholt. Jetzt liegt sie hinten in der Abstellkammer – ohne diesen Knopf!"

„Na und? Dann ist er vielleicht abgerissen ..."

„...worden", sagte Brigitte. „Abgerissen worden, denn ich hab ihn aus der Hand meines Vaters genommen, als ich ihn da fand. Du hast das sauber inszeniert."

„Aber ich hab es doch nur für dich getan! Denk doch, wie er dich schikaniert hat. Jetzt bist du die Besitzerin und wir können alles neu aufziehen!"

„Irrtum", sagte Brigitte. „Er hat die Bude schon vorher um ein schönes Stück Geld verkauft. Und die Penunze gehört jetzt mir."

„Und ich?", keuchte der schöne Fritz. Schweiß trat ihm auf die Stirn. „Was wird aus mir? Du kannst mich doch nicht einfach sitzenlassen?"

„Dir bleibt ja nun K und K!"

„Was willst'n mit der Donaumonarchie?", fragte er dumm.

„Nee, Knopf und Knast – und ohne Weiber", sagte Brigitte und griff zum Handy.

TOD IM SCHREBERGARTEN

„Ich hab gedacht, mich trifft der Schlag", schnaufte Grete. Sie wischte über die rote Stirn. Die Gartenbank ächzte unter ihrem Gewicht. „Wie der so tot dagelegen ist, der arme Kerl. Ach Gott, ach Gott und das bei und in die Gärten!"

„Horst Sieber", sagte Kommissar Friedrich zum Fotografen. „Ursprünglich aus Bamberg, 43 Jahre, und hat den Garten erst ein paar Wochen …"

„Weil er mit der Alma von den Schmids zusammengemacht hat", mischte sie Grete eifrig an. „Rümgemacht haben die ja schon lange, aber dann ist er fest bei ihr eingezogen. Na ja sie ist ja als Witfraa frei und ledig."

Friedrich sah um sich. Eigentlich eine Oase der Stille und des Friedens, diese Kleingartenkolonie an der Weimarischen Straße im beschaulichen Rudolstadt. Jahraus – jahrein war hier nie etwas Nennenswertes passiert. Sensationen gab es keine. Und jetzt ein Toter, ein toter Wessi, einer, von dem man wenig wusste. Und den man vielleicht gar nicht mochte. Eine Menge Neugieriger drängte sich in dem schmalen Weg zwischen den Gärten.

„War auch Zeit, dass der mal was auf die Gusche gekriegt hat!", rief ein dicker Glatzkopf.

„Der hat doch nie seine Finger bei sich behalten können."

„Wer sind Sie denn?"

„Der Gräbner-Heinz", sagte er und kratzte sich am Kopf. „Is' doch wahr. Er hat alle Weiber angegrapscht …"

„Und da haben Sie ihn …"

„Blödsinn. Ich war in Erfurt. Bin grad erst gekommen. Mir könn' Se gar nix. Kann ich gehen?"

„Bitte", sagte Friedrich Und dann war er weg. Friedrich schüttelte seufzend den Kopf. Nachdem, was der Kommissar von den Umstehenden erfuhr, war dieser tote Gartenfreund wirklich nicht sehr beliebt gewesen. Streitsüchtig und eitel soll er gewesen sein. Und man bezeichnete ihn als einen Weiberhelden, dem einige Damen wohl auch gar nicht abgeneigt gewesen sind. Schlecht hatte er nicht ausgesehen, und das war manchen wohl auch etwas wert gewesen.

Nach Verdächtigen musste Friedrich nicht suchen wie nach der Nadel im Heuhaufen. Sehr viele der Gartenbesitzer hatte ein Motiv. Es konnte Wochen dauern, bis man sich da durchgefragt hatte. Zudem waren diese Kleingärtner eine verschworene Gemeinschaft und hielten zusammen wie Pech und Schwefel.

„Wie sieht denn die Spurenlage aus?", erkundigte sich Friedrich bei den Mitarbeitern, die ihren weißen Overalls den Tatort untersuchten.

„Katastrophal", stöhnte einer. „Zuerst ist diese Zeugin dort …" Er wies auf die dicke Grete. „Also, die ist wie ein Nilpferd im Garten herumgetrampelt. Fußspuren über Fußspuren. Und dann ist die halbe Kolonie hier aufgeschlagen."

„Und die Tatwaffe?"

„Dieser Spaten. Das Opfer hat angefangen, ein Loch zu graben. Es sieht als, als sei es zum Kampf gekommen. Jedenfalls ist er mit dem Spaten erschlagen worden!"

Alma Sieber, die Freundin des Opfers, war schon weit über fünfzig. Friedrich ahnte bald, dass das nette Häuschen und Almas ausgezeichnete Witwenrente der Grund für die Zusammenkunft gewesen sein musste. Alma war nämlich alles andere als eine Schönheit.

„'Mach die Weiber nich immer an'", hab ihn dem dauernd gesagt. „Lass die Weiber in Ruhe, nich, dass sie dir einmal auf die Gusche hauen. Und nu is er tot!" Sie schluchzte. „Hat ja nich hören können. Was hab ich gepredigt, sag ich Ihnen. Also gepredigt hab ich …"

„Und Sie waren nicht eifersüchtig?"

Sie sah ihn mit großen Augen an. Dann bleckte sie ihre gelben Vorderzähne und schob die Hände verlegen zwischen die Knie. „Ich bin ja nich zu kurz gekommen", sagte sie verschämt und blickte nach unten. „Mich hat er richtig geliebt, auch wenn er mal mit anere Weiber rümgemacht hat. Dann ruckte ihr Kopf hoch. „Sie denken doch nich, dass ich … wegen Eifersucht? Also nee, ich hab ihm nix getan. Ich nicht!"

„Na, ich weiß nicht", meinte Friedrich süffisant und zog die Luft durch die Nase. „Gestritten haben Sie schon, wie ich gehört habe. Immer diese Eifersucht, nicht wahr?"

„Die Leute tratschen und sind bloß neidisch!", trumpfte sie auf. „Ich hab 'n geliebt, damit Sie's wissen. Und nu finden Se den, der ihn totgeschlagen hat."

„Totgeschlagen? Woher wissen Sie denn das?"

„Ach Gott", sagte sie. „Bei uns in Rudolstadt geht alles schnell rüm. Aufm Markt hat sich einer das Bee gebrochen, und wenn er am Nordfriedhof ist, dann ist er schon tot. Ich war das nich!"

Friedrich trat auf der Stelle. Er war sich sicher, dass einer der Gärtler die tödlichen Schläge geführt hatte. Nur wer? Ein Motiv hatten viele. Daher beschloss Friedrich, sich am anderen späten Nachmittag noch einmal in der Anlage umzuhören.

Das gibt's doch nicht! Da hatte es doch tatsächlich jemand gewagt, die Polizeiabsperrung wegzureißen! Friedrich rannte los. Dann sah er einen Mann im Garten. Friedrich blieb stehen. Der war gestern nicht dabei. So groß und hager, wie er war, wäre er ihm bestimmt aufgefallen.

„Heh, Sie da. Was machen Sie denn in diesem Garten?", rief Friedrich.

Der lange Kerl gab keine Antwort. Der Wind zerrte an seinen grauen Haarsträhnen. Der Mann hielt eine Schaufel in der Hand, die er jetzt an das Gartenhäuschen lehnte.

„Lassen Se doch den alten Schorsch geh'n", sagte die dicke Grete, die alle Spuren zertrampelt hatte. Sie keuchte und pfiff wie ein Orgelblasbalg. „Also ob's der nicht schon schwer genug hätte!"

„So, wie schwer hat er es denn?"

„Na, nach der Wende, wissen Se, gleich danach, wo die Grenze offen war, ist ihm seine Alte durch, das Mensch, das traurige. Hockenlassen hat sie ihn, das Luder. Voriges Jahr hat er den Garten an den Kerl von der Alma verkauft, wissen Se!" Friedrich öffnete das Gartentürchen. Der Alte, wohl über Siebzig, wollte sich an Friedrich vorbeischieben. Der hielt in am grauen Kittel fest.

„Was haben Sie denn da gebuddelt?"

„Nur das Loch zugemacht. Sieht doch nicht schön aus. War ja mal mein Garten! Was muss denn der Löcher graben in meinem Garten? Da gibt es nix zu graben."

Friedrich kniff ein Auge zu. Mit dem anderen zielte er scharf in Schorschs furchiges Gesicht.

„Sie wollten das Loch wieder zuschütten? Vielleicht weil darin etwas verborgen ist? Etwas, das Sie vergraben haben? Das Gesicht des Alten wurde auf einmal käseweiß. „Ihre Frau ist nicht im Westen!", stellte Friedrich scharf fest. „Die liegt da drin!"

Schorsch senkte den Blick. Er keuchte. „Sie war ein Luder. Mit einem Wessi wollt sie durch. Na ja, da hab ich sie halt … Verdient hat sie 's! Und der Wessi von Alma – was muss er auch buddeln? In der Vergangenheit rumbuddeln musste der Blödian!"

ANGEBISSEN

„Sie meinen es ja gar nicht ernst mit Marybeth. Sie spielen nur mit meine Schwester und werden sie brechen das Herz!" Die ältliche Dame mit dem Spitzmausgesicht schniefte. Ihr Akzent war grauenhaft. Aber sie schien wie ein Schießhund über ihre Schwester zu wachen. An ihr führte einfach kein Weg vorbei.

„Aber nein!" Seine Empörung war gut gespielt. Sogar ein wenig rot wurde der schöne Hubert, und das war nicht gespielt, denn er war ein ausgekochter Heiratsschwindler und hoffte, die Witwe Marybeth Paxton angraben zu können. Schwerreich und mit Pretiosen behangen, wie ein schlecht geschmückter Weihnachtsbaum, war sie „on tour" in Old Germany und nun eben auch in Düsseldorf - abgestiegen im *Leonardo Royal*. „Ich habe mich wirklich unsterblich in Marybeth verliebt. Wie können Sie nur so schlecht denken?" Er drehte sich beleidigt um. So etwas zog fast immer. Da lief sie ihm auch schon nach und hielt ihn an der Schulter fest.

„Oh no, bleiben Sie! Das Spitzmausgesicht hielt ihn fest. Sie sah ihn treuherzig an. „Marybeth wurde nie richtig geliebt, außer von John, der ihr – wie sagt man – die – ähm – Firma hat hinterlassen. Nur ihr Geld wollten die Männer."

Firma ist gut, dachte Hubert. Marybeth musste

Herrin über ein Imperium sein. Da war er ein kleines Licht mit seiner erlogenen Speiseeisfabrik. Marybeth war der umschwärmte Star und Hubert hatte scheinbar mit etlichen Konkurrenten zu kämpfen. Daher präsentierte er sich als Speiseeisfabrikant.

„Oh, my dear!", hatte die kleine fette Amerikanerin gejubelt und ihr dürre Schwester gestupst. „Ich mag Eiscream für mein Leben gern."

„Ich bin ein aufrichtiger Mensch", fuhr Hubert beleidigt fort und sah die Spitzmaus herausfordernd an „Seit dem Tode meiner geliebten Gattin gab es keine Frau, die es verdient hätte einmal …"

„… von Ihnen geheiratet und Ihre Frau zu werden?"

Im Spitzmausgesicht ging die Sonne auf.

„So ist es!", sagte Hubert aufatmend.

Spitzmaus wurde nachdenklich und grübelte. Ihr Gesichtsfalten wurden lang wie ein Theatervorhang. Sie neigte sich verschwörerisch an Huberts Ohr. „Sie müssen es Marybeth beweisen!"

„Aber wie?"

„Im *Juwelstore* in der Königsallee liegt ein süßes Armband in die Schaufenster. Damit können Sie sagen, wie Sie fühlen. Dann wird Marybeth Ihre Liebe glauben. Kommen Sie!"

Wie einen widerspenstigen Esel schob sie ihn vor sich her durch die Königsallee. Hubert hatte keine Chance sich zu wehren. Dann standen sie vor dem Schaufenster.

„Das ist doch wonderfull, oder nicht", schwärmte Marybeths Wachhund.

Hubert wurde richtig schlecht. Der Preis setzte die Krone auf. Der Magen schlug einen Purzelbaum. Hubert schluckte. Achttausend Euro. Sein Portemonnaie bekäme die Schwindsucht, den von seinem letzten Beutezug war ihm nicht mehr viel geblieben. Es war allerhöchste Zeit, dass wieder Geld in die Kasse gespült wurde. Aber Werbeausgaben mussten nun einmal sein, wenn das Unternehmen echt wirken sollte. Hubert seufzte schwer.

„Gut", krächzte er. Im Geschäft schließlich handelte um fünfhundert herunter und zahlte schweren Herzens mit seiner Karte. Es würde sich auszahlen. Schon bald zappelte der Goldfisch am Haken. Dann musste er, wie ein Angler nur noch anreißen, und die Geldquelle würde sprudeln.

Am Abend, kurz nach dem Diner übergab er Marybeth sein Geschenk. Er verknüpfte es geschickt mit einem Antrag und sagte ihr, sie sei die Frau seines Lebens. Seine Stimme triefte vor Schmalz.

„Ich bin außer mich vor Freude", flüsterte die dicke Amerikanerin. „Das mir beweist, wie ehrlich du es mit mich meinst. Ach, wird werden sehr glücklich sein in unsere Leben!"

Ihre rotleuchtenden Liftingbäckchen verrieten ihm, dass sie angebissen hatte. Dann ging man tanzen. Er walzte mit ihr über das Parkett. Von Zeit zu Zeit riss ihn Marybeth an ihren mächtigen Busen. Hubert schnappte nach Luft. Er hielt es aus. Ihr Gesäusel, ihr grauenhaftes Parfüm, ihre dicken klammernden Hände. Sie schwitzte wie ein Walross und klebte wie eine Honigmelone. Hubert riss sich mit aller Gewalt zusammen. Für Geld tat der schöne Hubert alles.

Am anderen Morgen ging Hubert in den Frühstücksraum und sah sich um. Der Tisch, an dem Marybeth und ihre Schwester gewöhnlich saßen, war nicht mehr eingedeckt. Hubert bekam ein hohles Gefühl in der Magengrube und eine Schwäche in den Beinen. Er ging hinauf, rannte über den Flur und riss die Zimmertüren auf. Die Zimmer der Damen waren leer.

Hubert ging an die Rezeption und erkundigte sich. Ihr wurde richtiggehend übel.

„Abgereist?"

„Ja, abgereist", sagte der Rezeptionist. „Mrs. Paxton ließ ihre Rechnung auf Ihren Account setzen. Sie wüssten Bescheid, sagte sie." Sie waren weg, einfach fort. Klammheimlich verdrückt. Verdammte Luder!

Da machte der schöne Hubert, dass er weg kam. Klammheimlich durch die Hintertür.

TODESMELODIE

Wie eine weggeworfene Puppe hing sie auf dem Stuhl. Die Auge starrten an mir vorbei ins Leere. An der Tür quieksten ein paar Mädchen. Manchen stand der Schock in den schneeweißen Gesichtern.

„Sandy Köber, neunzehn", sagte der Mann von der Spusi. „Eine Sängerin des Weihnachtschores, der in Dortmund gastiert."

„Wie lange ist es her?"

„Noch keine Stunde. Sie ist von hinten mit ihren eigenen Schal erdrosselt worden." Der Spusi-Mann drehte sich um. „Bitte bleiben Sie dort, wo Sie sind. Das ist ein Tatort und keine Showbühne!"

„Fürchterlich!"

Ich drehte mich um und prallte zurück. Eine Frau, deren dunkle Augen unter einer schwarzen Hornbrille glubschten. Ihr Haar war streng an den Kopf gepappt und zu einem Pferdeapfel am Hinterkopf geknotet. Diese Frau brachte garantiert keinen Puls zum Rasen – obwohl – ihre Augen und der Mund besaßen ein gewisses Etwas.

„Sie sind die Chorleiterin?"

„Ja, Veronika Brenner. Dieser furchtbare Zickenkrieg. Es musste ja wohl einmal so enden!"

Sie schien richtig verzweifelt und knetete ihre schlanken weißen Hände. „Diese jungen Dinger können einem mit ihrem Neid und der Eifersucht aufeinander manchmal zur Weißglut bringen."

„Jetzt werde ich also das Solo singen dürfen?" Eine junges rotblondes Ding tauchte an der Tür auf. Ich bugsierte die schnatternde Meute erst einmal in das Hinterzimmer der Gasstätte, in der der Weihnachtschor sein Quartier aufgeschlagen hatte. „Ich bin Barbarina und erste Sängerin …"

„Halt deinen Mund, Bärbel", rief Frau Brenner. „Es ist schon richtig, Bärbel …"

„Barbarina!", krähte die Rotblonde aufgebracht. „Das ist mein Künstlername! Aber ich hab sie nicht gekillt, wenn das jemand denkt. Ich war das nicht. Greta wollte auch das Solo singen. Sie hätte genauso gut …"

„Ich *werde* es auch singen, du aufgedonnerte Bitch!", keifte ein mageres Ding mit dünnen Zöpfen. Klar hast du sie kaltgemacht. Ich hab dich doch vor der Garderobe gesehen. Frau Brenner, also die Bitch …

„Kein von euch beiden wird das Solo singen, wenn es so weitergeht. Vielleicht habt ihr da sogar gemeinsame Sache gemacht? Ich würde es euch beiden ohne Weiteres zutrauen. Wie Hund und Katz seit ihr gewesen …"

„Schluss!", donnerte ich und verschaffte mir erst einmal einen Überblick Der Chor sang auf verschiedenen Weihnachtmärkten. Morgen sollte ein große Auftritt hier in Dortmund auf der Showbühne *Alter Markt* absolviert werden. Und hinterher wollte der Stadtrat Frau Brenner für ihre Verdienst ehren. Sie leitete diesen ehrenvollen Chor seit drei Jahren und hatte die *Christmas-Singers* zum Erfolg geführt. Frau Brenners Chor war in aller Munde. Sogar das Ausland interessierte sich. Die Chorleiterin war eine Persönlichkeit mit der sich die Prominenz gern schmückte.

Der Spusi-Mann stupste mich in die Seite, schob mir einen Zettel zu zu und flüsterte mir ins Ohr, er habe diese Telenummer in der Handfläche der Toten gekritzelt vorgefunden. Es war eine Mobilnummer – und sie musste eine Bedeutung haben. Vielleicht stand sie im Zusammenhang mit dem Mord?

„Alle mal herhören!" rief ich. Ich las die Nummer vor. „Kennt jemand diese Nummer?"

Achselzucken. Ich prüfte die Gesichter. Nirgendwo eine Regung. Aus den blassen Gesichtern konnte ich keine Rückschlüsse ziehen.

„Gut", sagte ich. „Wenn ich jetzt diese Nummer wähle, wird es irgendwo klingeln – bei der Mörderin vielleicht?"

Ich wählte. Stille! Ich lauschte ins Smartphone. Es läutete nirgendwo im Raum. Dafür hörte ich eine Ansage. Ich rief erneut an und stellte das Gerät auf laut.

„Hallo mein Süßer. Ich bin heute leider nicht da. Aber

morgen werde ich dich wieder richtig aufgeilen. Halte dich bereit!"

Zuerst herrschte absolute Stille. Alles war wie versteinert. Alle Augen blickten zur Chorleiterin. Es war die Stimme der Veronika Brenner. Die unscheinbare Frau griff nun nach nach einem Stuhl. Langsam setzte sie sich. Ihr Gesicht war kreideweiß.

„Telefonsex", sagte ich. „Und Sandy ist Ihnen auf die Schliche gekommen. Daher musste sie sterben!"

„Ja, sie hat mich entdeckt. Ich hätte meine Ehrung in den Wind schreiben können!", flüsterte sie und dann zuckten ihre Schultern. „Mein Gehalt für die Chorarbeit war mickrig. Und das halbe Jahr musste ihn den Jobs hinterherjagen."

TRAUMDUO

„Es ist eine Schande", knurrte Bodo. „Das hat man einen stinkreichen Vater und keinen Cent in der Tasche. Linda läuft mit weg, wenn ich ein armer Schlucker bleibe."

„Linda!", sagte Sigi. „Das is es. Lass se doch entführe, so zum Schein mein ich. Der Alte bezahlt, weil er sich net blamiere will!"

Bodo überlegte. Schließlich überglänzte die Flamme der Erkenntnis sein Gesicht. Das konnte die Lösung sein. Seine hübsche Linda drohte dauern, ihn zu verlassen, wenn er ihr nicht mehr bieten würde. Vielleicht hatte sie sogar schon heimlich einen anderen am Start? Bodos Vater gehörte eine Juwelierkette. Er schwamm in Geld, war jedoch der personifizierte Geiz und hielt seinen Sohn an der kurzen Leine.

„Und wer soll sie entführe?", fragte Bodo. „Soll ich ä Anzeich aufgebbe?"

„Isch", sagte Sigi. „Ich tät's schon mache. Isch bring sie zum Mitspiele und tät sie in euer Jagdhütt' im Taunus bringe. Eine Million, hunnerttausend für mich. Wir sind doch ä Traumduo. Du un isch."

„Du tät's mich bloß bescheiße wolle", brummte Bodo. Doch Sigi schwor Stein und Bein, der treueste Freund der Welt zu sein. Wenn Linda mitspielen würde, ihr Schaden sollte es ja schließlich nicht sein.

„Awer kei Polizei", warnte Sigi, „Des musste dem Alte verdeutlische, sonst isse tot, die Linda, sagste ihm! Du werst sehe, in ein paar Tage sind wir gemachte Leute. Dann kann dich dein Alter am …"

„Mir mache des!" unterbrach Bodo und überließ seinem Busenfreund das Ruder und die Regie des perfiden Plans, den Sigi in der Woche darauf durchführte. Man fand ein wildes Durcheinander in Lindas Schlafzimmer und einen Zettel, auf dem stand, dass Linda entführt worden war. Natürlich schäumte Bodos Vater und wollte sofort zum Telefonhörer greifen. Doch Bodo beschwor ihn fast unter Tränen. So gab der Alte schließlich nach, obwohl er für dieses Luxus-Püppchen von Schwiegertochter normalerweise keinen Cent lockergemacht hätte. Sie und sein Sohn hätten ihr Leben am liebsten auf der Rennbahn und an Karibikstränden verbrachte, würde er das nicht ausgebremst haben.

Bodos Vater beschaffte die Million. Normalerweise sollte sie in der Taunushütte übergeben werden. Doch da machte Sigi ernst! Am Telefon drohte er damit, Linda umzubringen. Bodo blieb ruhig. Seine Ahnung hatte ihn nicht getrogen. Ein schöner Freund.

„Du schaffst des Geld in die alt' Fabrik in Höchst, wo mer auf Büchse g'schosse habbe", verlangte Sigi. „Und mach mir bloß kei Zicke, sonst …"

„Des tut dir noch leid", dass du mich ang'schisse hast", sagte Bodo.

„Des glaab isch net! Dei Linda kannste in der Hütt' abhole."

Bodo tat wie ihm geheißen. Dann fuhr er in die Jagdhütte in den Taunus. Er war dabei ungewöhnlich vergnügt und pfiff vor sich hin. In der Hütte war alles still. Auf dem Tisch lag ein Zettel.

„Sei nicht traurig", stand da geschrieben, „wir schicken dir ein buntes Kärtchen. Bussi von Linda und Sigi!"

Bodo knüllte grinsend den Zettel zusammen und pfefferte ihn ins Ecke. Dann klopfte er auf seine Umhängetasche und dachte an die Gesichter, die die Beiden über das Zeitungspapier und das nachgemachte Spielgeld machen würden, denn da zwischen den beiden etwas lief, hatte er geahnt. Die Polizei würde ihnen nicht helfen können.

DIESE VERDAMMTE EIFERSUCHT

Tanja kochte. Sie bekam ihren Katzenblick. Aus schlitzschmalen Augen funkelten ihre Blicke zu dem Paar an der Theke. Die junge Frau machte ihr ihrer hautengen Lederhose eine tolle Figur. Sie warf die Mähne in den Nacken und fuhr sich gekonnt mit der Zunge über die Lippen. Nun beugte sie sich vor und flüsterte dem jungen Mann etwas ins Ohr. Mit diesem Mann wollte sich Tanja in vier Wochen verloben – und die aufregende Frau an seiner Seite war – seine Ex!

Tanja stand auf und ging zur Theke der Mensa. Sofia und Robert schienen sie gar nicht zu bemerken.

„Störe ich?"

Die beiden schnellten herum. Stefan lief knallrot an. Ein Hustenanfall schüttelte ihn.

„Menschenskind, hast du mich erschreckt", krächzte Stefan.

„Hätte ich anklopfen sollen? Tanja zog die Brauen hoch, und warf ihrer Rivalin einen Blick zu, der dann von ihr abglitt wie die Schlange vom warmen Stein.

„Du übertreibst – wie gewöhnlich", sagte Sofia. „Wann wirst du dir endlich deine dämliche

Eifersucht angewöhnen. Es ist vorbei zwischen uns!"

„Dann lass auch die Finger von ihm, sonst …"

„Du willst mir drohen? Womit denn?"

„Das – das wirst du schon sehen!" Tanja rang um ihre Fassung. Sie kämpfte gegen die Tränen.

„Bitte, Häschen, mach doch keine Szene. Sofia hat recht. Es ist wirklich nichts mehr zwischen uns. Du bildest dir das alles nur ein." Stefan nahm balancierte das Tablett zum Tisch. „Sofia ist nur noch eine gute Freundin …"

„… die dich fast auffrisst!", fauchte Tanja. Sie funkelte Sofia böse an. Tanja wusste genau, dass sie selbst es seinerzeit darauf angelegt hatte, Sofia den Kerl auszuspannen. Das war ihr gelungen. Eigentlich hätte Sofia allen Grund gehabt, sich zu rächen. Tanja hatte die Fassung wiedergewonnen.

„Frieden?", fragte Sofia. Sie legte den Kopf schräg und setzte ihren Hündchenblick auf. „Mensch Tanja, mach dich doch nicht verrückt. In vier Wochen seid ihr verlobt. Glaubst du wirklich, ich würde mich rächen wollen, weil …"

„Schon gut", sagte Tanja halbwegs versöhnt. Sie betrachtete Stefan. Er war ein toller Mann. Tanja erinnerte sich an die Worte ihrer Großmutter, die der Meinung war, ein schöner Mann gehöre nie einer Frau allein. Tanja betrachtete sein Profil, die schön geformte Nase, seine vollen Lippen. Und wie er küssen konnte, dieser

Mann …

Sofia konnte erzählen, was sie wollte. Tanja traute ihr keinen Meter über den Weg. Sie hatte Stefan mit seiner Ex schon häufiger beim Tuscheln erwischt. Und dann waren die Köpfe blitzschnell auseinander gefahren. Dahinter musste sich eine Heimlichkeit verbergen!

*

Tanja machte eine merkwürdige Feststellung: Immer wenn sie Sofie und Stefan anrief, waren beide nicht erreichbar und die Handys ausgeschaltet. Das roch. Das roch nicht nur, das stank!

Und dann fand sie jene SMS auf Stefans Handy, die eine Eifersuchtswelle bis in die Fußspitzen rauschen ließ. „Deine Süße wird Augen machen, wenn wir ihr zur Verlobung unser Geheimnis präsentieren", las sie. Tränen stiegen hoch. Dann kam die Wut. Sie kam wie ein Tsunami.

„Ich bringe sie um! Zuerst ihn und dann sie. Nein, zuerst sie und dann …" Sie warf sich auf die Couch und heulte drauflos. Mitten hinein in dieses Chaos platzte Stefan. Mit einem Blumenstrauß! Ein Eingeständnis der Schuld? Oder war das besänftigendes Theater?

„Du hast geweint, mein Häschen", sagte er mitleidig und streichelte ihre Wange. Am liebsten hätte sie ihm jetzt in die Hand gebissen. Aber er konnte nichts dafür. Tanja war es, diese falsche Schlange, die an den Wurzeln der großen Liebe nagte wie eine Maus an den Tulpenzwiebeln.

„Ich – ich habe Zwiebel geschnitten."

Stefan hob schnuppernd die Nase. „Ich rieche nichts."

„Hast du heute Sofia gesehen?"

„Sofia?" Er wurde rot. Also hatte er! Das brachte Tanja wieder zum Kochen. Sie rang um Fassung, stand auf und trat vor das Fenster. Er sollte ihr Gesicht nicht sehen. „Was hast du nur dauernd mit Sofia?"

„Wenn sie mit dir … Ich meine, wie die … Dann bring ich sie um, diese Kanaille, das schwöre ich dir!"

„Jetzt mach aber einen Punkt!"

„Ich bring sie um. Punkt!

Wenn du mit mir streiten möchtest, dann gehe ich wieder!"

„Zu Sofia? Nur zu!", sagte sie gallig.

„Ja, zu Sofia!", rief er wütend. Dann knallte die Tür. Tanja zog den Kopf ein. Vielleicht war sie doch zu weit gegangen? Vielleicht war doch alles nur Einbildung? Tanja verlegte sich wieder aufs Heulen. Eine zweite Vase stand nicht zur Verfügung.

∗

Den absoluten Beweis bekam sie am Samstag.

Sie wollte mit Stefan rausfahren zum See. Er hatte keine Zeit – sagte er. Daraufhin rief sie Sofia an. Sie hatte ebenfalls keine Zeit – sagte sie. Einer Eingebung folgend legte sich Tanja in den Fliederbüschen neben Sofias Wohnhaus auf die Lauer. Sie musste gar nicht lange warten, denn dann kam er, der Mann ihres Herzens.

Fröhlich pfeifend wie ein großer Junge schlenderte er heran. Lässig hin die Lederjacke über einer Schulter. Stefan wirkte allerbester Laune. Und Tanja war nahe darauf, laut loszuheulen. Aber sie beherrschte sich. Was sollte sie tun? Eine Weile warten und klingeln? Die beiden in flagranti erwischen? Vielleicht sogar im Bett? O nein, diesen Anblick hätte sie nicht ertragen. Wenn seine Hände ihren Busen streichelten, wenn Sofia sich seinem schönen Mund näherte. Tanja stöhnte auf.

Nach einer Weile wagte sie sich aus ihrem Versteck. Sofias Maleratelier lag im Hochparterre und hatte ein großes Fenster zur Gartenseite. Geduckt schlich Tanja in den Garten und versuchte einen Blick zu erhaschen. Sie prallte zurück. Es war grauenvoll: Stefan knöpfte langsam sein Hemd auf. Sie sah seine gebräunte muskulöse Brust. Dann verschwand er in der Tiefe des Raumes. Ihr Plan war gereift. Sie würde Sofia ausschalten!

*

„Nett, dass du mal kommst", sagte Sofia. Sie öffnete im Malerkittel. „Wart einen Moment", bat sie, ging und kam sofort wieder zurück. „Du weißt doch, heute Abend habe ich meine erste Vernissage. Ich bin so aufgeregt und habe wenig Zeit!"

„Ich weiß, meine Süße", sagte Tanja scheinheilig. „Ich werde dir natürlich beistehen. Das ist doch klar!" Sie reckte den Hals. Nichts deutete darauf hin, dass Stefan hier gewesen war. Sie hatten alle Spuren beseitigt!

„Hast du etwas zu trinken da?"

„O-Saft!", rief Sofia aus dem Badezimmer. „Bring die Flasche rein. Ich trinke dann auch etwas!"

Das war das Stichwort. Tanja holte eine Flasche aus der Küche und goss sich ein Glas ein. Dann kam Sofia und trank ebenfalls. Ein günstiger Augenblick, und Tanja würde ihre böse Fracht im Saft los.

„Wir sehen uns dann in der Galerie!" Und weg war Tanja.

Draußen musste sie kichern. „Du wirst eine Vernissage haben, die du nie vergisst", flüsterte sie zu sich selbst. Der Kollege, von dem die Droge stammte, hatte ihr versichert, man würde danach gackern wie ein Huhn, oder brüllen wie ein Löwe. Alles sei drin.

*

Illustres Publikum bewegte sich in der Galerie. Gesprächsgemurmel, der Klang von Gläsern und eine nervöse Ungeduld, denn die Künstlerin erschien nicht. Tanja griente in sich hinein. Sie war gespannt auf den Augenblick, an dem Tanja die Bühne betrat.

Was aber, wenn sie nicht von dem Saft getrunken hatte? Unsinn, dann wäre sie schon hier! Das Zeug sollte doch nicht sofort wirken, wie man ihr versichert hatte. Zeitlich also musste es hinkommen! Sofia musste jeden Augenblick eintreffen.

Und dann kam es zu einem Tumult im Vorraum. Tanja feixte und schob sich mit der Menge hinaus. Stimmengewirr.

„Bei der Künstlerin Sofia ist jemand durch das Panoramafenster gestürzt!"

„Tot?", fragte jemand.

„Gebrochene Knochen", sagte ein anderer.

Tanja muss sich überzeugen. Ihr Plan war aufgegangen. Sofia war eine Zeitlang außer Gefecht gesetzt und konnte Stefan nicht mehr zu nahe treten. Mehr hatte sie nicht gewollt.

∗

Die Wohnungstür stand sperrangelweit offen und von drinnen drang Schluchzen heraus. Drinnen schluchzte jemand zum Steinerweichen.

Sofia! Sie kauerte auf dem Sofa und heulte. Dann sah Tanja das Ölbild auf der Staffelei: Ein hinreißendes Porträt Stefans, wie er leibte und lebte. Ein wundervolles, ein phantastisches Gemälde. Eine Meisterleistung! Jäh durchzuckte Tanja die Erkenntnis der Heimlichkeiten.

„Es war doch fast fertig – das Bild", schluchzte Sofia. „Ein Geschenk zu eurer Verlobung. Ach – und dann hat er etwas getrunken. Kaum, dass er gesessen ist …"

„Na was …?", stammelte Tanja.

„Ich – *ich bin ein V – Vo – gel, hat er gerufen*", schluchzte Sofia. „Dann hat er die Arme ausgebreitet und ist durchs Fenster gesprungen. Er hat sich ein Bein und einen Arm gebrochen, haben sie gesagt. Es war unsere letzte Sitzung."

Tanja ließ sich langsam nieder. Und dann fiel sie in Sofias Schluchzen ein. Verdammte Eifersucht auch!

DER MICKYMAUSFAN

Die Tote sah übel aus. Mit weit aufgerissenen Augen lag sie vor der Kommode. Das Blut war glänze frisch. Ich sah die Bronzevase auf dem Boden. Die Tatwaffe. „Det hat ja so kommen müssen mit der Lena Küppers", sagte Meta Kunze aus dem Parterre. „Eine Nutte in unserem anständjen Haus, dis konnte nicht jut jehen. Meta stand mit Gummihandschuhen und Schrubber im Treppenhaus. „Ick habe doch jeputzt", fuhr sie fort. „Da ist der Kerl die Treppe runter. Ick wusste, da ist wat passiert und hab gleich angerufen."

„Der war dat", sagte Meta überzeugt. „Aber nu is ja wieder Ruhe hier und man muss nicht Angst haben um die Männers!"

„Sie scheinen die Dame ja nicht sonderlich gemocht zu haben", sagte ich. „Keener hat die jemocht. Keener, sag ick Ihnen."

Auf einmal würde es laut. Zwei Uniformierte brachten einen kleinen zotteligen Kerl angeschleppt. Er zeterte und strampelte.

„Ich ha' doch die nicht umjebracht!", schrie er. Seien Stimme kippte über. Ich sah, wie das Männlein japste. „Jeschubst ha' ich sie. Nur jeschubst. Fuffzich hab ich ihr gegeben. Und dann wollte sie nicht!"

„Und da haben Sie die Vase genommen und zugeschlagen!"

„Nein, Herr Kommissär, das hab ich nicht. Sie ist gegen die Kommode jeflogen und umjefallen. Aber tot war sie nicht. Die hat sich ja schon wieder aufjerappelt, wie ick weg bin. Die war nicht tot!"

„Natürlich warst du das!", keifte Meta. „Wer denn sonst? War doch keen anderer da!"

„Also, mal langsam", sagte die. „Du hast die Frau also geschubst. Sie ist gegen die Kommode gefallen, umgekippt und dann wieder aufgestanden?"

„Nicht janz", sagte er. „Halb jehockt ist sie da an der Tür!"

„Sie hat tatsächlich zwei Verletzungen", sagte mein Assistent. „Eine am Hinterkopf und eine direkt oberhalb der Stirn. Die Wunde am Hinterkopf könnte von dem Sturz verursacht worden sein. Der zweite Schlag kam von vorn direkt und war vermutlich tödlich gewesen."

„Sperren Se den ein, und fertig", sagte Meta und befummelte ihre seltsamen Lockenwickler. Sie reizten mich ungeachtet der ernsten Situation fast zum Lachen, denn es handelte sich dabei um Mickymausfigürchen. Überhaupt schien sie ein Fable für Walt Disney zu haben, denn ihre Pantoffeln hatte Goofygesichter.

„Ich hab se nur jeschubst!", beharrte der kleine Strubbige.

„Und dann?", fragte ich. „Na wegjerannt bin ick!", keifte er.

„Und die Tür haben Sie natürlich offen stehen lassen?"

„Ich mach doch die Tür nicht noch zu, wenn ich flüchte!"

Ich betrat die Wohnung und sah mich genauer um. Dann bückte ich mich und hob einen kleinen Gegenstand auf. Ich ging auf Meta zu.

„Und Sie haben wirklich nicht nachgesehen, was in der Wohnung passiert ist?"

„Sag ich doch. Ich hätte mich jehütet!"

„Haben Sie nicht, denn Sie haben Lena Küppers mit der Vase erschlagen. Es war ja auch eine günstige Gelegenheit: Die offene Tür und dieses flüchtige Männlein. Da haben Sie mal die Sauberfrau gespielt und das Haus von der Schande befreit!"

„Ick war nie in diese Wohnung!"

„Und was ist das?", fragte ich und ließe einen Lockenwickler vor ihrer Nase baumeln. Einen Mickmauslockenwickler"

„Schiete", sagte Meta und hockte sich auf die Treppe.

MÜCKENALARM

„Meine Ulla hat 'nen Anderen", sagte Frederik. Seine Miene war finster. Er schnippte eine Kippe weg und ballte die Hände zu Fäusten. „Irgendein Kerl hat sie angemacht. Ich glaube, ein Trainer aus dem Tennisclub."

„Hab ich dir doch schon immer gesagt, dass sie dich bescheißt, deine gute Ulla. Und bald ist sie auf und davon. Die Kohle hat sie. Und du gehst leer aus, du Pfeife!" Frederiks Freund Benno grinste. „Ich denke eher, es ist der Pferdepfleger aus dem Reitverein. Mit dem hab ich sie neulich in Waren knutschend auf der Promenade gesehen. Sie lässt dich irgendwann im Regen stehen."

„Nach unserem Ehevertrag krieg ich nach der Scheidung nur ein paar lächerliche Kröten Abfindung. Dann muss sie eben weg, bevor sie die Scheidung einreichen kann", sagte Frederik. „Irgendwie muss sie weg. Ich bring sie um!"

„Ersäuf sie in der Müritz", schlug Benno vor und spukte einen abgebissenen Fingernagel in die Ecke. „Ist doch einfach. Rein mit ihr in so einen alten rostigen Blechkahn, raus damit ins Naturschutzgebiet. Nur so ein bisschen schaukeln. Das macht's platsch und Ulla ist weg. Sie kann ja nicht schwimmen."

„Ich kann es aber auch nicht", sagte Frederik.

„Ersäufen ist nix. Und erschlagen ... Ich kann kein Blut sehen. Es sei denn ...“

„Was guckst du mich so an?“ Benno wich zurück, legte seine Hände vor die Brust und riss die Augen auf. „Du meinst doch nicht, dass ich ... Nee, Frederik. Das kann ich nicht. Ich kann doch nicht ...“

„Fünfzigtausend, wenn ich geerbt habe!“

Benno überlegte. Bei Geld schien er keine Skrupel zu kennen. „Hunderttausend!“

„Du hast ja einen Vogel“, stöhnte Frederik.

„Vogel oder Ulla“, sagte Benno mitleidslos. „Ich schaukle sie in die Müritz. Und wehe, du scheißt mich an. Du kennst mich! Mit mir macht man das nicht.“

„Ich werd ja dabei sein“, sagte Frederik. „Damit ich Zeuge bin. Ein Unfall! Ich nehme ein anderes Boot. Du steigst mit Ulla in einen Kahn, und ...“

„Genau. Du nimmst mich dann in dein Boot, wenn Ulla abgegluckert ist!“ Ihre Handflächen klatschten aneinander. Dann schnalzten die Bierflaschenverschlüsse.

„Warum kommst du nicht mit uns ins Boot?“, gackerte Ulla später. Schön war Ulla schon und obendrein sie war reich. Stinkreich. Ihr gehörten eine Werft, ein Reitstall und mehrere Boutiquen. Sie hatte sich das nicht erarbeitet, sondern in jungen Jahren allmählich erschlafen. Drei Ehemänner, alles alte Knacker, hatte Ulla überlebt. Einst war Frederik ihr Gespiele gewesen, bevor sie ihn als Prinzgemahl erwählt hatte. Und er musste wahrhaft den Prinzgemahl spielen und ihr stets drei Meter hinterherdackeln. Das war erniedrigend und demütigend. Und nun sah es ganz danach aus, als wäre ein neuer Prinz im Anmarsch. So einfach wollte sich Frederik nicht abservieren lassen.

„Weil es uns das Boot zu dritt nicht trägt, Ulla-maus. Und es gibt nur eine Sitzbank, siehst du nicht?", sagte Frederik schleimig. „Dafür habe ich den Picknickkorb in meinem Kahn, samt Schampus und allem Drum und Dran. Es wird ein herrlicher Tag werden."

„Na, ich weiß nicht", brummelte Ulla und beäugte den grauen Himmel. „Das Wetter ist ja nicht gerade prickelnd."

„Es wird schon noch aufhellen", sagte Frederik. „Du weißt doch, wie das Wetter bei uns an der Müritz ist. Es macht was es will."

„Eben darum", maulte Ulla. „Aber ich hab ja einen Kavalier dabei." Sie grinste Benno an. Er lächelte scheinbar säuerlich zurück.

Dann tauchten die Paddeln fast geräuschlos in die grüne Flut. Vor ein paar Minuten hatten noch die Vögel gezwitschert. Jetzt war es unheimlich still. Ulla sah sich um. Ahnte sie etwas? Sie sah Benno an und blickte dann hinüber zu Frederiks Boot.

Die Schwüle trieb Frederik Schweiß auf die Stirn und lockten Mücken an. Frederik patschte wild um sich. Sein Kahn schwankte. Nun begann auch Ulla, sich gegen die Viecher zu wehren. Sie schlug wild um sich.

„Hier hast du ein Mückenspray, meine Liebe", sagte Benno. Er reichte Ulla die Sprayflasche.

„Danke, mein Lieber, vielen herzlichen Dank! Würdest du mir den Rücken … Ich meine, da komme ich nicht hin."

Ulla stand auf und ließ sich den Rücken einsprühen. Frederik fasste es nicht. Dann schlang Ulla ihre Arme um Bennos Hals und küsste ihn. Frederik schnappte nach Luft. Der Kahn schaukelte und Benno balancierte.

„Nun mach doch, du Idiot!", schrie er. „Du sollst sie in die Müritz schaukeln und dich nicht von der küssen lassen."

„Nicht?", fragte Ulla und grinste unverschämt. „Du bist dir wohl ganz besonders schlau vorgekommen. Ein toller Plan, das muss ich sagen. Damit schaffe ich dich mir ganz billig und problemlos von der Pelle. Du hast ausgedient. Wir lieben uns mein kleiner Trottel, und wir werden heiraten, wenn …

„… wenn du abgesoffen bist", sagte Benno.

Es gluckerte im Boot. Wasser sprudelte in Bennos Kahn und schwemmte die aufgeklebten Pflaster von den Bohrlöchern. Der Blechkahn würde sinken. Unweigerlich und gnadenlos. Und

Frederik musste gnadenlos ersaufen. Es gab keine Rettung.

„Ihr fiesen Schweine!", brüllte Frederik. „Ihr dreckigen Ratten!"

Ulla lachte hell auf. Auch Bennos Lachen schallte über das einsame Wasser. Ein paar Enten flogen im Schilf auf. Weit und breit war keine Menschenseele, kein Floß und ein Kahn zu sehen. Benno küsste seine Ulla. Dann wurden beide blass.

„Ich habe vorgesorgt, falls was schief geht", sagte Frederik kalt. Er hob eine Pistole. „Na, wer von Euch beiden zuerst?"

Zwei Schüsse bellten, nach einer kleinen Weile noch einer, war wieder ganz unheimlich still im Naturschutzgebiet.

PARTYMÜLL

„Die Lütte war ‚ne ganz liebe Deern" sagte die dünne Frau in der Kittelschürze. „Zu mir war se immer anständig, obwohl ich nur die Puffputze bin in Sankt Georg." Auf den Schrubber gestürzt, betrachtete sie fast andächtig die Tote auf dem Boden. Lea Albers, ein hübsches Ding mit etwas dem etwas überschminktem Gesicht einer Prostituierten. Die langen blonden Haaren lag ein einer hässlichen Blutpfütze. Einen Schlag auf den Hinterkopf hatte der Doc festgestellt. Im Hamburger Prostituiertenviertel St. Georg war Gewalt nicht selten.

Ich befragte die übrigen Damen im Haus. Lea schien nicht besonders beliebt gewesen zu sein. Etliche schienen ein Mordmotiv zu haben.

„Anständig? Gierig war die uns hat uns nur die Freier weggeschnappt!", sagte eine Mollige mit schwarzer Zottelperücke. Sie schnippte verächtlich die Asche ihrer Kippe weg. „Nee, es kriegt jeder, was er verdient!"

„Ach, und das hat sie verdient?", fragte ich. „Wo war Sie denn vor einer halben Stunde und wer sind Sie?"

„Ich heiße Puschke, aber hier bin ich die Russenolga. Ich kann's ja deinen Boris mal zeigen! In meiner Bude auf Mache war ich", sagte sie. „Ich mach mich doch nich die Hände fleckig an so was. Es kann nur ihr letzter Freier gewesen sein, oder aber es war …"

„Ich mach die Sau alle, die das gemacht hat!" Gebrüll unten im Hausflur, Schritte polterten die Treppe hoch. Der mir wohlbekannte Lude Olli stürmte ins Zimmer. „Schiete", knurrte der Zuhälter. Seine Hand strich über das geölte Haar. „Wer hat das gemacht, will ich wissen?"

„Putz deine dreckigen Schuhe ab, du altes Ferkel!" schimpfte die Putzfrau. „Lauter von dem Dreck aus'm Hof. Un Konfetti, un der ganze Dreck von die Party. Bist wohl durch den Müll gestiefelt?" Während ich hinüber zum offen stehenden Fenster ging, wurde es wieder laut vor der Tür. Zwei Polizisten hatten Mühe, den jungen Kerl zu halten, der ins Zimmer drängte.

„Aber … das kann doch nicht sein. Sie wollte doch packen und …"

„Der war das!" kreischte Russenolga. „Der letzte Freier, der unten raus ist. Und dann war se tot! Aber der …" Sie wies auf den Zuhälter.

„Schnauze, Olga!"

Der Mann stellte sich als Mark Raven vor.

„Sind Sie ein Freier von Lena?; fragte ich. „Vielleicht der letzte Freier, so wie es aussieht? Gab es Streit?"

„Ich war ein Freier. Aber wir lieben uns und wollten zusammenbleiben. Ich habe ihr meine ganzen Ersparnisse gegeben. Zwanzigtausend.

Freikaufen wollte sie sich – von dem da! Ich habe ihr diese neue Reisetasche gebracht. Sie wollte packen und mit mir weg, ein neues Leben anfangen. Und jetzt …"

Die Worte erstickte ein Schluchzen. Mein Blick fiel auf die Reisetasche. Ich sah das Preisschild. Olli wollte die Tasche eben mit einem Schubs unter das Bett stoßen. Ich ging zum Fenster. Eine Feuerleiter führte in den Hof. Er war total vermüllt mit Partyutensilien. Kaputte Papierlampions, Konfetti, Glitzerpapier. Dann betrachtete ich mir wieder Ollis Zuhälterstiefel. Die Putzfrau hatte recht. Olli musste durch diese Dreck gewatet sein.

„Der war's!", krächzte Olli. „Der letzte Freier! Von wegen Geld! Da war nix! Das lügt der doch. Nur eine Ausrede ist das!"

Ich ging zur Reisetasche und nahm ein Geldbündel heraus „Nicht er, Olli, sondern du", sagte ich. „Du bis nach Raven ins Haus, nicht wahr Olga? Sie nickte. „Du wolltest sie nicht weglassen und hast zugeschlagen und bist du dann durchs Fenster raus! Das Geld hast du nicht entdeckt, denn du wusstest nicht von der neuen Reisetasche."

„Ich hab sie nur so ein bisschen geschubst. Da war sie tot. Einfach so."

„Und dafür gibt's Knast", sagte ich. „Einfach so!"

MÖRDERISCHES
RENNSTEIGLIED

Die Frau war klein, mager und hatte dünnes Haar. Bekleidet war sie mit einem abgetragenen Wintermantel und lag tot am Fuß der Treppe. Ein Blutfaden lief vom Mundwinkel zum Hals. Er war schwärzlich angetrocknet.

„Christa Albersdörfer", sagte Kommissar Wieland. „Fünfzig, stammt aus einem Kaff bei Sonneberg. Steht im Ausweis. So wie's aussieht, ist sie die Treppe runtergeflogen."

„Gestürzt! Was haben Sie denn für ‚ne Wortwahl?", verbesserte Kommissarin Grötsch.

„Sag ich doch", brummte Wieland. „Ist mit dem Hinterkopf aufgeschlagen. Vermutlich jedenfalls. Vorher aber ist sie erdrosselt worden. Das sieht man."

„Das Blut am Boden ist verwischt."

„Das war ich", sagte der Mann an der Tür. Er drehte seine Schiebermütze in den Händen, trampelte von einem Fuß auf den anderen. „Ich hab doch gedacht, die lebt noch. Da hab ich sie am Kopf angefasst. Aber die … die war ja schon ganz kalt." Er schüttelte sich. Seine braue Cordhose war zwischen den Beinen nass. Er schlotterte.

„Georg Brand", erklärte Wieland. „Er kam

vorbei, sah die Haustür offenstehen und hat die Tote gefunden. „Gucken Sie nicht hin, Grötsch. Der hat vor lauter Schiss in die Hosen gepinkelt, der Arme."

„Ich war es aber nicht", stammelte Brand in das Geflüster. „Ich hab die aber lebendig gesehen heut früh. Sie war an den Ständen mit den Glaskugeln. Dort hat se sich umgeguckt. Ich kenne die aber von wo her und weiß nicht mehr von woher. Wo ich sie gefunden hab, war schon tot"

„Ist ja gut", unterbrach Wieland. „Das Haus gehört einer Familie Röslau", fuhr er fort. „Die Familie hat hier oben am Rennsteig eine Glasbläserei. Erwin Röslau ist vor drei Wochen gestorben. Herzversagen. Und jetzt diese Tote im Haus. Furchtbar. Was sie nur hier gewollt hat?"

„Einbrechen. Was sonst?"

„Die und einbrechen?" Wieland betrachtete sie. „Sieht nicht danach aus."

„Man sieht es keinem an", sagte Kommissarin Grötsch.

„Richtig", brummelte Wieland. Die Haustür quietschte. Der Kommissar drehte sich um. Eine Frau betrat das Haus. Ihr folgte ein jüngerer Mann. Beide stampften den Schnee von den Schuhen und sahen sehr verwirrt aus. Es hatte geschneit am Rennsteig.

„Ich bin Frau Röslau", sagte die Frau und nahm den Hut von ihrem dunklen Haar. „Ich weiß gar nicht, was ich sagen soll? Die Leute sind mir draußen entgegengelaufen und haben gesagt, es läge eine Tote in unserem Haus? Das hier ist mein Sohn. Mein Mann ist vor zwei Wochen gestorben, müssen Sie wissen und jetzt …"

„Kennen Sie die Tote?"

Sie warf einen Blick auf die Leiche. „Nein, wer ist sie?"

Wieland nannte den Namen. „Kommt aus der Nähe von Sonneberg. Wir dachten, Frau Albersdörfer hätte Sie besuchen wollen?"

„Wozu? Weshalb?"

„Wie ist sie ins Haus gekommen?", fragte Wieland.

„Vielleicht durch den Keller?", fragte der junge Röslau. Er war Mitte zwanzig, hatte aber bereits eine Stirnglatze. Auf ihr glitzerten geschmolzene Schneeflocken. „Das Waschhausfenster ist doch kaputt." Er drehte sich zu seiner Mutter hin. „Wie oft hab ich schon gesagt, dass man dieses Fenster richten soll!"

„Ja, ja, ja!", rief Frau Röslau und blickte zur Decke. „Furchtbar, dieser Anblick!"

„Man sollte sie zudecken", sagte der junge Röslau. „Im Keller sind doch noch alte Kartoffelsäcke. Oder sind dort keine Säcke mehr, Mama?"

„Es tut uns leid, aber wir müssen Ihnen ein paar Fragen stellen, Frau Röslau", sagte Wieland.

„Wir müssen ja nicht hier stehenbleiben. Die Spurensicherung muss noch ihre Arbeit tun. Man wird die Tote schon wegbringen."

„Hoffentlich bringen diese Leute nicht alles durcheinander", sagte der junge Mann.

„Sie tun, als ginge Sie das nichts an!", brummte Kommissar Wieland. Er sah sich um. Der Raum war mit Jugendstilmöbeln eingerichtet.

„Es ist alles furchtbar", sagte Irene Röslau. Sie hatte den Mantel ausgezogen, ihn achtlos über einen Sessel geworfen und setzte sich nun. „In unserem Haus wurde eine unbekannte Tote gefunden. Wir waren nicht da. Gut, das kaputte Kellerfenster …"

„Wo waren Sie?"

„Unterwegs."

„Das ist keine Antwort."

„Wir waren in Eisfeld und haben Verwandte besucht."

„Entfernte Verwandte", sagte der Sohn. „Dann haben wir in einer Gaststätte in der Nähe vom Markt gegessen. Die Bedienung kann sich an uns erinnern. Ich hab mich beschwert. Sie Suppe war kalt. Oder war sie nicht kalt, Mama?"

„Die Suppe war kalt", bestätigte Frau Röslau. „Eiskalt war sie sogar, diese Suppe! Wir sind doch nicht etwa verdächtig?" Sie sah entsetzt aus und blickte ihren Sohn hilfesuchend an.

„Könnten die Ereignisse mit dem Tod Ihres

Mannes in Zusammenhang stehen?"

„Wie denn?", fragte der junge Röslau. „Wir kennen die Frau doch gar nicht!" Dann richtete er sich auf und sah seine Mutter an. „Du hast doch ordentlich abgeschlossen, Mama?" Er wirkte erschrocken „Oder hast du wieder einmal nicht richtig abgeschlossen …?"

„Die Tür ist auf gewesen", sagte Brand von der Haustür her. Dort stand er noch immer und klammerte sich an seiner Mütze fest. Er sah jämmerlich aus in seiner nassen Hose. Er war das zitternde Elend, hatte aber etwas Lauerndes im Blick.

„Dann hast du doch nicht richtig abgeschlossen!", rief der junge Röslau erbost. Er sprang auf. „Wissen Sie, meine Mutter ist oft zerfahren. Sie hat schon ein paar Mal vergessen, die Haustür abzusperren. Hab ich es dir nicht immer wieder gesagt, du sollst …"

„Ja, ja ja!", rief Frau Röslau und presste die Hände an die Schläfen. „Ich weiß es nicht mehr, ob ich abgesperrt habe oder nicht. Das ist doch nicht wichtig. Die Frau ist tot. Wir haben das Malheur."

„Hättest du abgesperrt, dann …"

„Hören Sie auf zu streiten!", fuhr Wieland ungnädig dazwischen. „So kommen wir nicht weiter. Vielleicht wollte die Frau doch etwas stehlen? In der Tüte, die neben ihr lag, waren aber nur Glaskugeln. Schöne, handgemalte Glaskugeln, aber natürlich kaputt vom Sturz."

Kommissarin Grötsch winkte Wieland heran. Der flüsterte mit ihr und kehrte dann in den Salon zurück. Er hielt einen Rasierapparat in einem Plastikbeutel.

„Das ist ja Papas Rasierer!", rief Röslau. „Den hat er vor zwei Monaten zum Geburtstag bekommen. Ein sündenteures Ding ist das."

„Wir haben es in der Manteltasche der Toten gefunden."

„Sie hat – einen Rasierer geklaut? Wie kommt die dazu, einen Rasierer zu klauen? Wozu braucht die einen Rasierer?" Röslau war außer sich. „Nun, wie gesagt, es ist ein teures Ding. Vielleicht wollte sie es ihrem Mann schenken?"

„Sie hat keinen Mann gehabt. Das haben wir herausgefunden. Nur einen Sohn hat sie. Den haben wir bereits verständigt", sagte Wieland. „Die Frau ist bereits seit einigen Stunden tot. Es muss passiert sein, kurz, nachdem Sie das Haus verlassen haben. Sind Sie gemeinsam gegangen?"

„Aber ja!" Hartmut stellte sich schützend neben seine Mutter. „Natürlich sind wir gemeinsam gegangen. Noch einmal: Wir haben damit nichts zu tun. Sie sehen doch, die Frau hat den Rasierapparat meines Vater geklaut. Wer weiß, was sie sonst noch in den Taschen hat?"

„Wissen Sie, was mich wundert?", fragte Wieland. Er kniff ein Auge zu und zielte mit dem anderen auf den jungen Röslau. „Sie sehen gar nicht nach, ob etwas fehlt? Andere Menschen würden sofort ihr Eigentum überprüfen?"

„Was soll sie denn noch haben?" Röslau drehte sich zur Leiche um, die mittlerweile zugedeckt war. „ Sie hat doch nichts. Da liegt doch nichts!

Vielleicht ist sie gestört worden?"

„Wer sollte die Frau denn beim Einbrechen gestört haben, außer …" Wieland drehte sich langsam um und sah den Zeugen an. Georg Brand drehte seine Mütze schneller und schneller. Er keuchte. Sein Blick fand keine Ruhe mehr.

„Sie war schon tot. Ich hab ihr nix getan. Gar nix hab ich ihr getan. Ich bin nur rein, weil die Tür offen war. Ich war das nicht!" Schließlich schrie er und schlug sich auf die Brust. „Das hab ich jetzt von meiner Gutischkeit. Vorbeilatschten sollt man, sich um nischt kümmern sollt man sich. Jawoll, um gar nischt kümmern sollt man sich!"

„Ist ja schon gut, Herr Brand", sagte Wieland und klopfte ihm auf die Schulter.

„Kann ich jetzt heim?"

„Ja, natürlich können Sie gehen. Aber verlassen Sie den Ort nicht!"

Röslau sprang auf. „Wie können Sie denn den Mann laufen lassen? Der ist doch vorbestraft. Das weiß doch jeder. Das ist also die Kriminalpolizei! Und so werden Steuergelder verschleudert. Komm Mama, wir gehen nach oben." Er drehte sich um, führte Frau Röslau um die Leiche herum und ging mit ihr die Treppe hinauf.

„Lassen Sie uns wissen, wann das endlich vorbei ist!", rief er von oben herab.

„Komische Leute", sagte Grete Grötsch. „Übrigens hatte die Tote diesen kleinen Papierfetzen in den Hand."

„Da ist ja ein amtlicher Stempel drauf", sagte Wieland. Er hob den Kopf und kniff die Augen zusammen. „Ich muss telefonieren."

Als Wieland in die Villa zurückkehrte, öffnete Röslau dem Kommissar. Seine Mutter stand am Fuß der gedrechselten Treppe.

„Und? Wissen Sie, was geschehen ist?"

„Ich hoffe, Sie werden es mir sagen können? Entweder Sie oder Ihr Sohn!"

„Was sollen wir Ihnen sagen?", fragte Frau Röslau. Ihre Hand krabbelte zum Hals.

„Dass Sie die Tote gekannt haben. Sie hieß mit ihrem Mädchennamen Kerne und hat hier als Hausmädchen gearbeitet. Da war vor etwa zwanzig Jahren, Frau Röslau!"

Sie lachte etwas meckernd. „Ach – ach die Kerne war das? Nein, die hab ich nicht wiedererkannt …"

„Tun Sie nicht so! Ich hatte Ihnen doch den Namen der Frau vorhin genannt!" Scharf schnitt seine Stimme das Gelächter ab. „Sie war hier, um sich ein Stück vom Erbkuchen zu holen, nicht war? Dieses Fetzchen Papier hatte sie in der Manteltasche. Und dieses Stück in meiner Hand ist das Teil, das dazugehört!"

Die Röslau fuhr herum. „Hast du den Papierfetzen nicht weggeworfen?", fauchte sie ihren Sohn an. „Du solltest ihn doch wegwerfen, hab ich gesagt ..."

„Schluss mit dem Theater, Frau Röslau. Ihr Mann hatte mit Christa Albersdörfer einen Sohn. Das ist die Geburtsurkunde. Die Frau wollte einen DNA-Test machen lassen. Daher der Rasierapparat. Eigentlich geht's nur mit 'ner Haarwurzel."

„Mit Hautschuppen geht es mittlerweile auch", babbelte die Grötsch dazwischen.

„Ich konnte es doch nicht zulassen, dass mein Sohn mit diesem – Bastard teilen sollte?", fragte sie. „Da musste doch etwas geschehen. Ich wollte nur mit ihr reden!"

„Einer von Ihnen hat die Frau erdrosselt. und Danach erst sind Sie nach Eisfeld gefahren und haben die Tür offenstehen lassen. Sie sind beide vorläufig festgenommen. Und der Bastard, wie Sie gesagt haben, wird nun wohl der lachende Alleinerbe sein! Denn Mörder sind erbunwürdig!"

SCHALL UND RAUCH

Jupp zitterte. Schweißtröpfchen glitzerten auf seiner Stirn. Es beutelte ihn gewaltig. Jupp war auf Entzug. Er brauchte einen Schuss – und zwar bald. Gestern Abend war Preiskegeln gewesen. Es lag also Kohle im Tresor der Vereins. Keine Millionen natürlich – aber für den Stoff sollte es allemal reichen.

Jupps zitternde Hände hebelten den Fensterladen auf. Irgendwo in der Dunkelheit bellte ein Hund. Jupp hielt inne und lauschte. „Scheißköter, halt die Fresse!", knurrte er.

Jupp arbeitete mit schweißnasser Stirn. Der Laden knackte und sprang endlich auf. Das Fenster gab rasch nach. Jupp hievte sich hoch, lauschte, ließ sich nach innen fallen und rappelte sich mühsam wieder hoch. Nach einer kleinen Weile hatten sich seine Augen an das Dämmerlicht gewöhnt.

Jupp war selbst einmal Mitglied im Verein gewesen, Damals hatte es *Heroin und Co* noch nicht in seinem Leben gegeben. In dem Wandschrank war der kleine Tresor. Jupp wusste, dass Kassenwart Kurt den Code an die Innenseite der Tür kritzelte, um ihn nicht zu vergessen.

Und wenn keine Kohle da war? Wenn sie das Geld zum Bank gebracht hatten? Jupps Herz raste. Wieder dieser Scheißköter! Sein Bellen klang näher, jagte ihm Angst ein. Ob da einer eine Runde machte? Hatte man den Fensterladen knarzen gehört? Jupp lauschte mit angehaltenem Atem. Stille!

Geduckt schlich Jupp zum Wandschrank. Scheiße, es war so dunkel. Jupp ließ ein Feuerzeug aufflammen. „Drei – acht – vier – ein – sieben", flüsterte er und die Flamme erlosch. Nun zitterten ihm die Hände so sehr, dass es ihm kaum gelang, das Rad zu bewegen. Er brauchte wieder das Feuerzeug. Das verdammte Dinge sprang nicht auf. Und da war wieder der Scheißköter. Diesmal ganz nah!

Klack! Endlich. Jupp fingerte im Tresor. Scheine knisterten. Er stopfte in seine Hosentaschen, was er zu fassen bekam, schloss den Tresor mit angehaltenem Atem und schlich zum Fenster. Lauschend hielt er inne. War das nicht ein Hecheln, ein Keuchen?

Endlich stand Jupp wieder draußen. Wolkenfetzen jagten über den Himmel, zeichneten bizarre Muster auf den Boden. Und dann sah er dort drüben den Kerl mit dem Hund. Der Köter knurrte.

Omas Laube! Sie war die Rettung. Jupp rannte los. Seine Lungen rasselten, als er das Gärtchen erreichte, den Schlüssel über der Tür fingerte und aufsperrte. Keuchend sah er sich um. Dort, der alte Küchenherd! Jupp riss das Türchen auf, stopfte die Beute hinein. Einen Schein behielt er, denn er brauchte jetzt den Schuss.

Es gelang ihm, die Laube zu verlassen, seinen Dealer zu mobilisieren und sich endlich den Schuss zu setzen. Jupp war wieder ruhig und gelassen, als er sich in Bewegung setzte. Er achtete sorgsam darauf, dass ihm niemand folgte als er zur Laube ging. Schon von weitem sah er die Tür offenstehen. Er erstarrte.

„Ach Juppchen, da is mal schön, dat du mal bei mich inne Laube kommst!", rief Oma durch die offene Tür. „Ich bin jerade wat am Putzen!"

Jupp stolperte voran, schob die Oma beiseite und starrte auf dem Küchenherd und auf das offene Ofentürchen. Dort züngelte es gelb und rot.

Und Oma strahlte. „Kannste sagen, wat du willst. Das Ding zieht noch jenauso jut wie früher!"

SCHLÜSSELDIENST

Ich läutete an der vierten Villa im Kölner Nobelviertel Marienburg, denn bisher hatten meine Befragungen kaum Licht in das Dunkel um die rätselhaften Einbrüche gebracht.

„Es war ja nur mein Hausschmuck", sagte die aufgedonnerte Villenbesitzerin etwas wegwerfend, nachdem ich ihr meinen Dienstausweis gezeigt hatte „Aber immerhin! Da war der Ring von meinem seligen Jupp dabei!" Sie schniefte. „Dat tut mir weh, glauben Se mir, Herr Kommisär."

Der Ring schien zu schmerzen; der Schaden von zwanzigtausend weniger. Ich sah mich um. Hier – wie in den anderen Nobelvillen – war für Diebe allerhand zu holen. Reichtum lag nur so herum.

„Ich frage mich, wie der Kerl hier reinjekommen is? Nit e'ne einzige Fenster ist zerdeppert", berichtete sie mir, breitete die Arme aus und flatterte wie ein großer bunter Vogel in ihrem Balenciaga-Kleidchen vor mir her.

Für mich stand fest, dass der oder die Täter mit einem Zweitschlüssel in die Villen gelangt sein mussten, denn fast alle Anwesen besaßen ausgeklügelte Alarmanlagen. Vermutlich geschahen die Diebstähle, wenn die Besitzer abwesend waren. Es steckte System dahinter. Nur welches?

„Auf uns' Meta kann ich mich verlassen", sagte die Dame. „Die putzt schon, da hätt' mein Jupp noch jelebt. Die macht alle Fenster dicht ..."

„Meta Pützkes?"

„Ja, dat ist uns' Meta!"

Zum vierten Mal stolperte ich über diesen Namen. An allen Tatorten putzte die Pützkes. Das war die Verbindung!

Ich raste wie ein Verrückter los zu Meta. Mit dem Durchsuchungsbeschluss in der Tasche und Jungspund Bürlemann an der Seite jagte ich die drei Treppen hoch zu Meta Pützkes' Wohnung in einem Viertel, das nicht so fein war wie Marienburg.

„Heh, wat'n, wat'n?", keifte Meta. Ich schob die protestierende Wuchtbrumme mitsamt dem Schrubber beiseite und hielt ihr den Beschluss unter die Nase. Dann machten wir uns über die Schränke her. Schon kurze Zeit später hielt ich mit einem Jubelschrei eines der geklauten Schmuckstücke in den Fingern. Und noch eines und noch eines. Auch Bürlemann wurde fündig. Meta stand leichenblass daneben. Ihre Augen wurden immer größer.

„Wo ist das her?"

„Dat hat mich mein Kerl jeschenkt", ächzte sie.

„Von wegen geschenkt! Das ist geklaut!", löwte ich. „Aus Villen in Marienburg. Soll ich sie aufzählen? Und überall putzen Sie … und haben die Schlüssel!"

Meta stand perplex da und überlegte. Dann kam Bewegung in ihre massige Gestalt. „Na warte!" Sie versetzte mir einen Stoß, riss die Tür zum Nebenraum auf und griff hinein. Ihr derbe Hand zerrte einen kleinen mickrigen Kerl aus dem Zimmer. Sie packte ihn, hob ihn hoch und ließ ihn ein paar Zentimeter über dem Boden zappeln. Er quiekte dabei wie ein Ferkel. Meta verpasste mit der freien Hand zwei saftige Ohrfeigen und knallte das Männchen in einen Sessel. Wie hineingeschossen hockte er mit abgespreizten Beinen da und glotzte sie an wie ein abgestochenes Kalb. „Minge Sauerbraten fressen und mich mit jeklaute Klunkern beschenken!"

Sie holte wieder aus, doch ich schnappte ihre Hand, bevor sie ihm noch eine verbraten konnte. „Ist doch wahr", keuchte sie erschöpft, wischte sich über die Stirn und plumpste in den Sessel neben dem schlotternden Dieb. „Nehmen Se den Labbes mit, der Labbes hat e'ne Schlüsseldienst."

TOD IM BURGGRABEN

„Kein schöner Anblick", sagte Kommissar Stadelbauer. Er deckte die Tote wieder zu. Er blickte hinauf zur Bastei am Thiergärtner Tor der Nürnberger Burg.

„Kein Wunder, wenn sie von dort oben gesprungen ist", sagte der Fotograf Grüberl.

„Ich glaub nicht, dass sie gesprungen ist", sagte ein blasses Mädchen mit schmalem Gesicht. „Miriam hatte keinen Grund. Wir wollten morgen zusammen nach Würzburg fahren und auf eine Studentenparty gehen. Da springt sie doch nicht runter."

„Sie also sind Susann Weber und haben die Tote gefunden?"

„Wir studieren zusammen an der Uni. Ja, wir waren verabredet. Es war Miriams Lieblingsplatz. Ich kam von der Bucher Straße und wollte über die Holzbrücke zum Thiergärtner Tor. Da hab ich sie liegen sehen. Dann hab ich gleich die Polizei gerufen. Das war er ..."

„Wer?", fragte Stadelbauer.

„Ich will niemanden hinhängen", druckste das Mädchen.

„Dann sagen Sie's mir oder halten Sie Ihre Waffl", knurrte der Ermittler. „Sie wissen schon, dass Sie als Zeugin alles sagen müssen, was Sie wissen, oder?" Er fixierte sie über den Rand seiner Brille hinweg und kratzte dabei seinen Haarkranz.

„Aber ich hab nichts gesehen", trotzte sie.

„Aber eine Vermutung haben Sie, oder nicht?"

„Schon", kam es gedehnt. „Aber …"

„Wenn und Aber ist bloß ein saudummes Gelaber", schnauzte Stadelbauer sie an. „Hopp, sagen Sie mir, was für einen Verdacht Sie haben! Oder soll ich Sie ins Präsidium vorladen lassen?"

„Nein", sagte sie. „Es könnte der Robert gewesen sein."

„So, der Robert! Und hat der auch einen Nachnamen, der Robert? Machen Sie mich fei net grantig, Fräulein!"

„Robert Edenharder", fiepste sie dünn und scharrte mit dem Schuh im Sand. „Er arbeitet in der Taxizentrale und war früher mit der Miriam zusammen. Dann hat sie Schluss gemacht."

„Und weiter?", fragte Stadelbauer, nachdem sie schwieg. „Hören S' mit der verdammten Kratzerei auf. Oder wollen Sie sich durch die Erde durchschobbern, ha? Das macht einen ja ganz verrückt!"

„Ich bin halt nervös", sagte sie. „Heut früh sind wir noch zusammengesessen und jetzt ist sie tot. Einfach so." Sie fing an zu flennen. Der Kommissar wandte sich brummelnd ab.

„Gibt es etwas, das auf Fremdeinwirkung hindeutet?", fragte er einen der Leute von der Spurensicherung. „Kampfspuren oder so? Zeugen oben auf der Bastei? Das müssen doch Leute im Burggarten gewesen sein."

„Nur ein paar alte Weiber", sagte einer der Burschen. „Die waren scheinbar taub und blind …"

„Alte Frauen heißt das", schnodderte Stadelbauer unzufrieden. „Alte Frauen und nicht alte Weiber, du Gimpel, du respektloser. Also keine brauchbaren Zeugen auf der Bastei?"

„Ein paar Kratzer hat sie und blaue Flecken. Kann aber vom Aufprall sein!"

„Mit dem Hals ist sie aber nicht aufgeprallt", sagte Stadelbauer sarkastisch. Er hatte die Plane wieder angehoben und sich niedergekauert. „Das sieht aus wie Würgemale …"

„Das wird alles die …"

„… Obduktion wieder mal ergeben. Ich weiß, Sie Siebenmalg'scheiter. Sie ist gewürgt worden. Und hier an den Oberarmen, auch blaue Flecken oder Häma…dings. Nein, sagen Sie nix. Mit dem Lateinischen hab ich's nicht. Da hat sie jemand gepackt und über das Mäuerle geworfen. Ist ja nicht besonders hoch. Ich sag immer, da gehört ein Gestänge drauf, aber unsereins …"

„Herr Kommissar!", gellte es durch Mark und Knochen.

Stadelbauer fuhr wie gestochen herum und sah die ausgestreckte Hand der Studentin zur Bastei weisen. „Robert - dort oben ist Robert. Ich hab ihn gesehen. Totschlagen lass ich mich, wenn das nicht der Robert war?" Sie keuchte aufgeregt und drückte die Hand an die flache Brust.

Stadelbauer gab den Uniformierten einen Wink. Sie spurteten los.

„Der Täter kehrt immer wieder zum Tatort zurück", sagte Susann wichtig.

„Was studieren Sie denn?"

„Wirtschaft", sagte sie.

„Dann stammt der Spruch wohl aus einem Krimi und man hat Ihnen das, Gott sei's gedankt, nicht auf der Uni beigebracht"

„So was weiß man eben. Ich hab's ja gesagt, dass es nur er gewesen sein kann. Und ich? Kann ich jetzt gehen?"

„Natürlich können Sie gehen", sagte Stadelbauer. Susann umrundete vorsichtig die Plane und warf einen scheuen Blick darauf. Dann ging sie schnell weg und begann auf den letzten Metern zur Bucher Straße zu rennen.

„Ein komisches Mädchen", meinte der junge Spusi-Mann. „Das ist der Schock!"

„Sicherlich kann es der Schock sein", sagte Stadelbauer. „Der Schock."

Die Beamten führten einen jungen Mann heran. Stadelbauer blickt auf die Notiz.

„Robert Edenharder, sechsundzwanzig, ledig, Callboy …„ sagte er.

„Callcenter-Agent!"', verbesserte der Schönling.

„Telefonist halt, oder? Und Sie wohnen am Maxtorgraben, richtig?"

Edenharder hob den Kopf und strich sich über das kurze schwarze Haar. Er hatte unverschämt blaue Augen. „Richtig", bestätigte er. „Und wie oft soll ich es noch sagen, dass ich mit dem Tod von der Miriam nichts zu tun habe. Seh ich so aus, als müsst ich einem Mädel hinterher rennen?"

„Eher nicht", gab Stadelbauer zu. „Ich denk mir, dass Ihnen die Weiblichkeit in Scharen nachrennt, so wie Sie ausschauen."

„Sag ich's doch!" Edenharder richtete sich kerzengerade auf und ließ seine waffenscheinpflichtigen Augen leuchten. „Ich hab auch schon gemodelt …"

„Hier geht's um Mord und nicht ums Modeln oder Fotografieren", sagte Stadelbauer und sein Blick kreuzte sich mit dem der schönen Augen des Verdächtigen. „Das Märchen von der SMS können S' löschen. Die Tote hat gar kein Handy dabeigehabt."

„Aber ich schwör es, Herr Kommissar. Ich hab die SMS bekommen. Mein Handy liegt daheim. Dummerweise hab ich es vergessen, als ich schnell losgelaufen bin. Um ein Uhr elf genau kam die SMS. Vom Maxtorgraben braucht man eine gute Viertelstunde oder so. Ich weiß ja nicht genau." Er schwieg erschöpft. Seine Stirn glitzerte.

„Natürlich werden wir das überprüfen", sagte Stadelbauer. „Aber geben Sie's doch zu, dass Sie der Miriam trotzdem nachgestiegen sind wie der Kater der hitzigen Katz'. In der WG hat es doch jeder gewusst. Auch die Susann …"

„Hören Sie doch mit der auf", sagte Edenharder. „Die ist mir doch nachgestiegen. Was soll ich denn mit so einer anfangen? Keinen Arsch und kein Tittchen, flach wie Schneewittchen!" Er lachte glucksend.

„Schluss!" Stadelbauers Hand klatschte auf den Tisch. „Jedenfalls hatten Sie ein Motiv."

„Und der Neue von Miriam? Der Öder-Bernhard? Hat der kein Motiv? Susann hat doch herumerzählt, dass Miriam wieder zu mir zurückgewollt hat. Vielleicht ist er ausgerastet. Könnte ich mir denken? Vielleicht hat sie mir die SMS geschrieben, weil sie sich mit mir versöhnen wollte. Wer weiß. Und davon hat er Wind gekriegt?"

„Und wie?"

„Ich sage nur: Susann! Die ist doch die größte Patsch'n an der Uni, damit Sie es wissen. Wenn heute eine geschwängert worden, ist, hört die Susann morgen schon den Herzschlag vom Kind." Er unterdrückte diesmal ein Lachen und senkte den Kopf. Dann wischte er sich den Schweiß von der Stirn.

„Woher sollte Susann denn wissen, dass Sie eine SMS von Miriam bekommen haben? Also das passt nicht zusammen. Das stimmt so nicht!"

„Auch wieder wahr", sagte Edenharder und seufzte abgrundtief.

*

„Stimmt", sagte der Kommissar später zu Edenharder. „Sie haben tatsächlich eine SMS von dieser Miriam bekommen. Ich lese vor:

„'*Lieber Robby, ich bin im Burggarten und hör unser Lied. Bitte komm doch gleich rüber. Ich muss dir was sagen. Ich hab dich lieb. Miriam.*'"

„Na, dann bin ich an auch gleich losgespurtet. Aber ich hab über die Pirckheimer Straße gehen müssen, weil oben eine Querstraße gesperrt war", sagte er und fuhr schien kurz nachzudenken. Er sah den Kommissar an. „Ist ja möglich, dass mich die Miriam nur verarscht hat, dass sie gar nichts mehr mit mir anfangen wollte?", fuhr er fort. „Vielleicht hat sie ihrem Neuen, dem Bernhard Öder auch eine SMS geschrieben? Vielleicht hat sie ihn eifersüchtig machen wollen?"

„Also Sorgen haben die jungen Dinger heutzutage", meinte Stadelbauer. „Warum hätt sie das denn tun sollen?"

„Keine Ahnung."

„Also das stimmt auch nicht."

„Und warum fragen Sie den Öder nicht einfach?"

„Weil wir ihn momentan nicht finden!"

„Da sehen Sie's doch!" rief der smarte Kerl aufgeregt. „Getürmt ist er. Durchgegangen. Er war's. Ich sag es Ihnen, dass er es war!"

„Langsam", dämpfte Stadelbauer. „Langsam mit der Braut in der Hochzeitsnacht!"

„Darf ich lachen?", fragte Edenharder skeptisch und bekam keine Antwort, denn der Kommissar schien in Gedanken zu sein.

„Das Handy", brummelte er. „Wo ist nur das verdammte Handy?"

„Miriam war mit ihrem Handy verheiratet", sagte Robert. „Sie hat es nie aus den Finger gegeben. Vielleicht hat sie es oben auf der Bastei verloren? Da hätten Ihre Leut halt suchen sollen?

„Es ist jeder Zentimeter abgesucht worden. Oben auf der Bastei und unten im Graben. Man hat nichts gefunden."

„Dann hat es der Mörder mitgenommen", sagte Edenharder.

„Und hinterher entsorgt, nicht wahr?" Stadelbauer sah dem jungen Mann ins Gesicht.

„Ich hab es nicht. Ich hab es wirklich nicht!"

*

Stadelbauer saß missmutig am Schreibtisch. Er

war mit sich selbst unzufrieden, denn mit dem Studentenmörder, wie die Presse mittlerweile titulierte, kam er keinen Zentimeter vorwärts. Die Presse mokierte sich über die lahme Polizei. Das ging Stadelbauer an die Nieren.

Bernhard Öder, der neue Freund Miriam war zusammengebrochen, als er von Miriams Tod erfahren hatte. Er kam als Täter nicht infrage, denn er war zur fraglichen Zeit auf einer Fortbildung in Frankfurt gewesen.

Der Kommissar spielte mit seinem Handy. Und dann wählte er einfach Miriams Nummer. Er lauschte ins Telefon, legte auf und verließ sein Büro. Nicht lange darauf stand er vor Susann, die ihm stammelt das Handy der Toten über gab. „Entschuldigung", fiepste sie. „Ich hab es vergessen. Es ist in den Büschen gelegen. Da hab ich es aufgehoben."

„So, so", sagte Stadelbauer und tippte. „Und jetzt nehm ich Sie mit, Susann."

„Wohin?"

„In die Mannertstraße, in die U-Haft, denn Sie haben Miriam umgebracht. Und den Mund können Sie wieder zumachen. Sie haben die Polizei gerufen, nicht wahr? Und danach erst haben Sie die SMS von diesem Telefon aus an Robby geschrieben! Da war Miriam schon tot. Und Tote schreiben keine SMS. Warum, Susann, warum?"

„Sie hätte nur Ihre Griffel von Bernhard lassen sollen, denn der gehört mir. Nur mir, denn er liebt mich über alles."

„Na, dann schauen wir mal, wie 's ist, wenn Sie nach ein paar langen Jahren wieder ungesiebte Luft atmen dürfen. Und nun darf ich bitten!"

TEESTUNDE

Als ich in Gesas Teestube „De lüttje Tee-pott" eintraf, war kaum ein Sitzplatz zu bekommen. Ich schob mich zwischen den Gästen zum kleinen Tresen. Die schöne Gesa, wie man die Besitzerin nannte, hatte sich einen Traum erfüllt und heute diese niedliche Lokal am Stadtrand von Wittmund eröffnet.

„Jetzt sind alle da!", rief sie und klatschte in die Hände. „Sogar die Polizei ist gekommen!" Dabei deutet sie auf mich, woraufhin ich mich knapp verbeugte. Ich hätte sie erwürgen können. „So-gar der Klaas, mein Exmann hat es sich nicht nehmen lassen." Sie tätschelte dem dicken Klaas die knallrote glänzende Wange. Er macht wohl gute Miene zum bösen Spiel.

Natürlich gab es Tee. Die Stube duftete da-nach. Gesa Teeplätzchen waren berühmt. Damit hatte sie früher schon alle Feste in der Umge-bung versorgt. Ich goss eben meinen Tee über den brauen Kandis, als das leise Knistern von dumpfem Poltern erstickt wurde.

„Der Lukason-Eike ist vom Stuhl gefallen!", schrie jemand. „Un ganz grün is er!"

Mit ein paar Sätzen war ich bei dem Großbau-er. Ich beugte mich zu ihm hinunter. Deutlicher Bittermandelgeruch!

„Gesa, schließ die Stube ab. Hier geht keiner raus. Der Eike ist vergiftet worden!"

Mit ziemlicher Sicherheit musste der Mörder im Raum sein. Ich sah mich um. Rieke Jansen schob sich verstört in eine Ecke. Jeder wusste, dass sie Klaas kürzlich abserviert und vor allen blamiert hatte.

„Ich – hab nix damit zu tun! Ich war das nich. Guckt mich doch nich so an! Ich hab ja auch schon wieder 'nen anderen!" Sie stammelte und wechselte die Farbe. Auf den Tischen standen die Teetassen. Wie versteinert saßen die Gäste da und keiner wagte einen Finger zu rühren. Ich nahm Klaas' Tasse hoch und hielt sie mir unter die Nase. Kein Zweifel. Da musste Zyankali im Spiel gewesen sein.

„Du arbeitest doch in einer Apotheke", sagte ich zu Rieke. „Du kommst doch mühelos an das Zeug?" Sie jammerte und heulte, dass es einen Stein hätte erbarmen können und beteuerte ihre Unschuld.

Für die arme Gesa war das alles besonders schlimm. Mit leichenblassem Gesicht und hängenden Schultern stand sie da. Kein Wunder, denn ihr Laden war so gut wie ruiniert. Mir kam ein Gedanke! Vielleicht wollte sie jemand tatsächlich ruinieren? Klaas vielleicht? Der aber stand mit schlotternden Knien da und guckte so überrascht wie ein gestochenes Kalb.

„Nichts anfassen!" rief ich. Aber es war zu spät. Gesa nahm die Zuckerdose vom Tisch und schaute hinein. Sie sah mich verwundert an.

„Das ist ja mein Kandis", sagte sie. „Ich nehm nur weißen Kandis. In allen Zuckerpötten ist brauner! Der Klaas muss ihn vom Tresen genommen haben."

Wie ein Blitz schoss es durch meinen Kopf. „Jemand hat das Zyankali absichtlich in deinen Zucker getan", sagte ich langsam. „Der Anschlag galt dir, Gesa. Du solltest sterben. Und es war jemand, der deine Gewohnheit genau kennt. Ich drehte mich um. Klaas wich langsam zurück. „Und du bist der andere von Rieke?"

„Zu mehr als das Zeug zu besorgen ist die doch nicht zu gebrauchen. Und ohne mich macht die schöne Gesa gar nix!"

„Jetzt schon", sagte ich und zückte mein Handy und rief die Kollegen.

TOD AM BAU

Der Tote lag auf vor dem Baugerüst dem Rücken. und starrte mit glasigem Blick in den Himmel. Blut hatte den Sand rot gefärbt.

'Josef Färber', stand auf dem Ausweise. Der Tote trug Arbeitskleidung. Alles sah danach aus, als sei er vom Gerüst in die Tiefe gestürzt. Eine Unfall vielleicht. Aber es war längst Feierabend. „Er ist ungefähr eine Stunde tot", sagte der Gerichtsarzt. „Er muss allein auf der Baustelle gewesen sein …"

„Minge Jupp, minge arme Jupp!" Eine kleine rundliche Frau durchbrach die Absperrung und stolperte auf die Unfallstelle zu. Ich konnte nicht verhindern, dass sie neben der Leiche in die Knie brach. „Wat hat er nur hier gewollt?", schluchze sie. „War doch schon Feierabend jewesen."

„Nee, eijentlich hätt' de Jupp hier nix mehr zu suche jehabt!" Ich drehte mich um. Ein Mann war aufgetaucht. Er steckte in einem Anzug aus feinem Zwirn. „Mönschmann", sagte er. „Richard Mönschmann, ich bin der Bauherr. Jupp ist … ähm – war mein Polier Versteh isch nit, wat der noch hier wollte. Obwohl …"

„Was?", fragte ich.

„Na ja …" Mönschmann kratzte sich. „Er hat

das was mit dem Tschechen am Laufen. Es muss wohl um Geld gegangen sein. Ein Gastarbeiter, ich hab ihn gefeuert. Nicht ganz sauber, wissen Se, Herr Kommissär."

„Ja, dat ging um Geld", sagte Jupp Ehefrau schluchzend. „Isch jeh nochmal bei die Baustelle, hätte de Jupp gesacht. Und morjen sin wir reisch."

„Und wo ist der – Tscheche?", fragte ich.

„Vielleicht in der Baubude?" Mönschmann wies mit dem Daumen auf einen Container. Und Augenblicke später brachten die Beamten eine zotteligen Kerl geschleift. Er war so betrunken, dass er sich kaum auf den Füßen halten könnte.

„Jupp Geld wollte", lallte er. „Viel Geld. Nix mehr Arbeit. Scheene Haus kaufen. Aber bleed, die Jupp, saubleed. Mir nix sagen? Vielleicht Schatz gefunden auf Baustelle?"

Ich sah ein, dass auch diesem Kerl nichts herauszubringen war. Ich wandte mich an Jupps Gattin, die auf einem Steinstapel hockte und vor sich hinschluchzte.

„Hatte Ihr Mann etwas gefunden?", fragte ich. „Hat er darüber gesprochen?"

„E'ne Schatz ist dat nit jewesen", sagte sie. „Nu so e'ne Lämpschen oder Fijürschen, wie se von die Römer sin. Dat hätt mich de Jupp jezeicht. Aber davon wird man nit reich, Herr Kommissär. Jupp hat dat Lämpschen mitgenommen den Avond."

Ich sah aus dem Augenwinkel, wie Mönschmann einen Schritt von der Leiche zurücktrat. Er schien mit dem Fuß etwas verdecken zu wollen. Er wirkte erschrocken. Lämpchen? Plötzlich ging mir eine Lampe auf. „Treten Sie mal zur Seite, Herr Mönschmann." Dann sah ich das Tonfigürchen am Boden. Offenbar stammte es von einem römischen Hausaltar. „Jupp hat Sie mit diesem Teil erpresst", sagte ich. „Er hat dieses kleine Teil auf der Baustelle gefunden und Sie damit unter Druck gesetzt, Herr Mönschmann …"

„Ja, der Idiot hätte mir einen Millionenschaden gemacht, wenn der Denkmalschutz angerückt wäre. Monatelange Verzögerung am Bau. Eine halbe Million wollte er. Da hat ich der Idiot verrechnet!"

„Sie aber auch, Mönschmann, denn jetzt ist Schicht im Schacht! Nun ruht der Bau für lange Zeit!" Ich winkte einen Beamten. „Abführen!"

Über den Autor:

Der gebürtige Coburger Harald M. Landgraf, Jahrgang 1947, schreibt seit den 1970er Jahren für namhafte Verlage Unterhaltungsromane verschiedener Genres. Darüber hinaus verfasste der Autor eine Vielzahl von Kurzgeschichten und Truestorys. Im Jahr 2008 gründete er die Literarische Agentur HML-Media Nürnberg, die erfolgreich Truestorys (auch Wahre Geschichten genannt), Lovestorys und Krimis an namhafte Verlage vermittelt. In dieser Zeit entstanden immer wieder kurze Krimis, die in verschiedenen Zeitschriften veröffentlicht wurden und denen der Autor hier als Buch als kleine Sammlung einen verdienten Raum gibt.

Weblink: www.hmlmedia.de
mail: agentur@hmlmedia.de

Lightning Source UK Ltd.
Milton Keynes UK
UKHW010822241220
375840UK00004B/826

9 783752 674873